잉걸북스
문학 선

CROSS
0　0　1

이벤트 후원해주신 분들 박제영 권광영 양선희 김유경 이순원 이필 김연숙 허지영
고상호 심대현 곽대중 장은숙 송예진 장소순 정의숙 김성기 이상미 박지성 박지숙
박지윤 양민호 박종민 박성수 박은정 김혜숙 박기현 박경순 박명자 박수연 권성기
박종성 황소례 신광철 신영철

잉걸북스 문학선 CROSS 001

소설가의 시

1판 1쇄 인쇄 2025년 11월 19일
1판 1쇄 발행 2025년 11월 24일

지은이 권재이 김도언 김태용 문형렬 서하진 은미희 이만교 이명랑 전경린 한창훈
펴낸이 신승철
펴낸곳 잉걸북스

편집위원 김나정 김도언 김이은 원종국
교정교열 오재연
디자인 놀이터

출판등록 2024년 8월 29일 제25100-2024-000052호
주소 서울시 노원구 노원로 564, 1011-1311
전화 010-4964-6595
팩스 02-6455-3736

ISBN 979-11-990192-6-3 04810
　　　 979-11-990192-4-9 04810 (세트)

잉걸북스
문학선

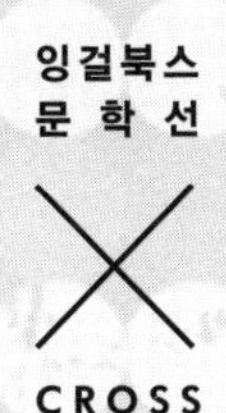

CROSS
001

소설가의 시

잉걸북스

| 차례 |

주절주절 식물원
외 4편

권재이

권재이 | 〈조선일보〉 신춘문예로 등단. 단편집 『골목에 관한 어떤 오마주』, 장편소설 『칼과 허』 『미미상』 『검은 모자를 쓴 여자』 등이 있다.

권재이 | 〈조선일보〉 신춘문예로 등단. 단편집 『골목에 관한 어떤 오마주』, 장편소설 『칼과 허』 『미미상』 『검은 모자를 쓴 여자』 등이 있다.

주절주절 식물원

암사자 한 마리를 키우는 중입니다

쌍떡잎 이빨에 꼬리는 빗나간 날씨를 닮았고요 걸음걸이는 실시간 검색어처럼 숨이 찹니다 마침내 이 도시를 모두 서치하겠다는 허무맹랑 같은 것, 욕조에 넣어 주니 게걸스럽게 잠을 자더군요 젖은 갈기를 부레옥잠인줄 착각했나 봅니다

하루 세 끼 물을 주고 쓰다듬었습니다

어느 아침엔가 혀가 자라더니 조잘조잘 떠들어 대네요 고양이일까요 광고판 속 홀로그램인가요, 너무 어려서 거리로 나가 사람들을 잡아먹을 힘도 없고요 동물의 왕, 명예는 이미 포기한 지 오래, 예쁘게 사진 한 장 찍어 인스타에 올려 달래요

아, 이름 짓는 걸 잊었군요 뽀삐나 해피로 하고 싶었는데, 개가 연상되는 이름은 싫답니다 그렇다고 해서 악역

프레지던트는 더더욱 싫고요 그냥 예쁜 이름으로 지어 달래는데 예쁜의 기준을 몰라 지피티에게 +작명으로 물었습니다 압도적인 1등은 감자나 두부, 소금, 초코, 푸딩이었는데, 왜 다들 먹는 이름일까요?

음식 이름은 오래 산다는데 저는 모르겠습니다 그래서 정해진 이름은 '둘리'
특별한 이유는 없고 옛날 만화를 보다가 무심코

SNS에 녀석을 소개하기로 했습니다 같이 밥을 먹거나 씻거나 잠을 자거나 산책하거나, 아주 평범한 것들로……
어제는 댓글 하나가 달렸는데 세계는 언제 구할거냐고 하더군요 댓글을 읽는 내내 사자의 눈빛이 빛나서 조금 무서웠어요

다음 날 맛있는 치킨을 시키고 음악을 틀어 주었습니다

세상이 소란스러워지는 것은 원치 않거든요

지식은 잠을 자는 게 현명합니다.

그러니 조용히 조용히

쓰다듬어만 주세요

아이 러브 티비

혀를 갈아 끼우는 재주가 있어 언제나 혼자 떠들지
바다 건너 국경이 폐쇄됐다거나 야만인이 출몰했다거나
침.영.적.인 저.념.뻉.이 돈다거나 갑자기 죽은 유명 인
사들

누가 켜 놓은 걸까, 누가 입을 놀리도록 한 걸까 듣는
이는 누구일까 그냥 공허 가운데 혼자 떠드는 거라면, 가
족을 구하려고 아버지가 떠난 빈방에서, 그이가 아이 때
부터 벗어놓은 옷가지에 곰팡이가 필 때까지, 언젠가 돌
아온다는 기다림을 믿으며

인간은 달에 간 적이 없습니다

오늘만 세일, 2만9천9백 원, 크리스마스에 꽃이 핀대요
아기 예수는 쇼핑을 좋아하고요 노인들은 임영웅 티케
팅에 성공하고요 연말이면 양복쟁이들은 착해진단 말입

니다 이웃의 개가 왈왈 짓고요, 오우무아무아*의 정체가
무언지는 아무도 모르는데, 당신은 정말로 하와이에 가
본 적이 없나요?

　오우무아무아에 오우무아무아효
　사실 그건 북방 돌고래의 웃음소리랍니다

　그래서 달에 간 적이 있습니까?

　정수리를 거울에 비추면 내일의 운명을 알 수 있나요
　말라 홀쭉해진 북극곰 사진으로 북극을 알 수 있나요
전단지마다 소개되는 진수성찬과 유튜브 먹방, 때마다 입
금되는 공약으로 당신은 행복합니다 예쁜 옷을 입고 예

---

* 　2017년, 인류가 처음으로 관측한, 태양계를 거쳐 간 성간천체.

쁘게 거리에 나가 사진을 찍고, 알아주는 학교, 알아주는
직장, 누구도 시키지 않은 노동, 오우무아무아헬

　손바닥을 구걸하는 티브이
　갈비뼈가 드러난 흑인 아이를 품에 안고 웃는 탤런트,
인생은 살 만하군요, 그래도 천국엔 가고 싶습니다 죽어
가는 순간까지 간증을 해야 하는 불안함, 사각 프레임 안
에 바다도 있고 지구도 있고 신도 있고 그러나 진짜 당신
은 없고 오우무아무아악,

　테레비는 여전히 중얼거립니다
　전염병이 올 시간이라는데

　당신은
　여전히

비포 애프터

동그라미인 듯 세모인 듯 아직도 꿈을 꾸고 있나 사랑하는 이를 기다리나 누군가 담장에 그리다 만 얼굴 하나 대답 대신 햇살 쪽으로 코를 낮추고 비포 애프터

빵집엔 음악이 흐르고 군인들이 행진하고 먼 곳으로부터 사이렌이 조여 오지만, 아직은 이 세계가 결합되는 방식과 무관하여 적당한 평화가 남아 있고 적당한 호기심도 서려 있고 누군가 쭈욱 코와 턱 사이를 잡아당기면 입술이 생겨 키스도 할 것 같은데

밤이 되자 사내들이 얼굴에 오줌을 지리고 간다 고양이가 윤곽을 핥는다 2층 다세대 주택에선 세상을 다 살아버린 노인네가 꿈속으로 도망갈 연습을 하고, 사방의 문들은 더욱 단단해지고 신문에선 새로운 뉴스가 넘치는데

반갑습니다

달지도 쓰지도 않은 빵 냄새가 아침부터 식욕을 시험
해……

누가 그렸는가, 누굴 기다리는가 질문은 시시하다 사람
들은 생선 한 토막, 혹은 축제용 케이크를 들고 낑낑대며
살아가는 일에 익숙하다 가는 길에 제 발목을 눌러 밟고
서 달아난 얼굴들 헤아려 보기도 하다가 가끔은 담장의
미완성 낙서를 무심히 치고 지나가는 햇살과, 달빛과 고
양이와 그리고 당신이 균열 사이에 숨겨둔 어제

생각해 봅니다

거리에 차고 넘치는 얼굴에 대하여, 다들 두고 떠나는
분위기, 너의 윤곽을 찾는다는 건 애초부터 불가능한 동
화 같아서 담장으로 부스러져 나와 애써 시위하는 건지

도 몰라

달아난 몸통들은 소식이 없습니다

　나사의 긴급 발표, 48시간 동안 해가 지지 않던 어느 날
아이들이 골목으로 몰려나와 뼈를 말리고 캄보디아 뉴스
는 끝날 생각이 없고 (불안합니다) 그러니까 반갑습니다
울타리에 핀 붉은 장미들이 죄다 오른쪽으로, 죄다 왼쪽
으로

외계인은 아직 소식이 없나요?

너는 마냥 웃는다 표정을 떨구는 법을 몰라서

저, 피 같은 붉은색을 붙잡고

배트맨 앤 로빈

노인이 리어카를 끌고 골목을 내려온다

리어카에 담긴 해골들이 덜컹덜컹, 요즘은 고철보다 비싸서 공병 서른 개보다 낫다는데 이빨이 남은 해골은 그보다 비싸고 눈알이 남은 해골은 갑절쯤 더 비싸다. 혀가 남은 해골은 냉큼 잘라내야 하는데 대문마다 엘피판처럼 해골이 차고 넘쳐서

노인이 간다, 긴 혀를 끌고 횡단보도를 향해

머지않아 신호를 건너야 하는데 빨간색과 파란색, 그 너머에 숲이 있고 고물상이 있고 추억이 있고, 다들 한땐 잘나갔지, 인생의 후회 같은 건 늦어서 그래도 세계를 구한 영웅들인데, 살아서 얼마나 이 골목을 오르내렸는가 한탄은 쓸모가 없고

빨리 길 좀 비켜 주세요, 독촉하는 해골들

도시는 어둡고 마콘도처럼 일 년 내내 산성비가 내리고

폼페이처럼 발밑마다 공허를 품고 있어서 배트맨은 알코
올중독자가 되었고 구급차는 자주 펑크가 나고 화가들은
지구보다 치마를 더 사랑했지 사랑한다는 건 꿈의 방식,
없어도 그만인

　　그러니까 로빈, 옛날이 확실히 좋았어 신호등이 고장나
기 전의 평화, 담벼락에 낙서로 남아 있다 누가 고담을 구
할까 해골이 이리 넘치는데, 무덤에 들어가긴 쉬워도 영
화관은 여전히 영웅을 추모하고 사람들은 악인을 안주로
술을 마시고 자동차는 제멋대로 달리고 장미는 옆으로만
자라서…… 태양은 전등처럼 깜박

　　그러니까 로빈
　　제발, 드립을 멈춰 줘

시시티브이는 쉬쉬, 한다

너는 실종되었다, 종일 수만 개의 모니터를 구름 속에
펼쳐 놓고 의자에 앉아 가끔 코를 쑤셔가며 무료하게 관
찰만 하는 저 사내의 호떡 반죽 같은 상상 속으로

운동하던 여자가 수풀로 몸을 숨기고 장마가 넘실거리
는 강 위로 냉장고가 떠내려갈 때, 물류센터 지하에서 검
은 연기가 치솟으며 음악이 둥둥

사내는 억, 억 년 동안 관찰만 하다가 억, 억 년 동안 구
경만 하다가 부끄러운 나머지 구름 속으로 숨었다, 언젠
가 다시 온다는 황당한 농담을 남기고

(그래도 여전히 믿습니다)

센트레빌 지하 구석에 가면 구름 사내의 분신을 만날
수 있다

한 평쯤 되는 방에서 에어컨도 없이 노란 냄비에 라면
을 삶아 먹으며 모니터를 바라보다가 히죽거리다가 손전
등 들고 주기적으로 어둠을 살피고 오는

처음 보는 남자가 골목으로 휴대폰 하나 툭 떨어뜨리고
간다

CCTV가 부지런히 그림자를 주워 담을 때, 구름 속에
앉았던 사내는 지상으로 수금을 떠나고, 갑자기 암전되는
모니터, 은행잎을 쓸던 경비가 잘못 건드린 전깃줄 위로

까마귀 한 마리

까맣게

쉿

제발, 닥치라고!

오래된 일기장을 열듯, 시골집 컴퓨터까지 뒤져서 옛날에 쓴 시들을 찾아보았다. 거의 몇 년을, 시에 완전히 미쳐서 살던 시절이 여전히 거기 있었다.

그 시절엔 좀 젊었고, 스스로 시를 되게 잘 쓰는 줄 착각했다. 주변에서도 그렇다고 하니까 더 그런 줄 알았다. 그러나, 등단 운이 좋지 않았다. 가끔, 아슬아슬하게 비켜 갔다. 그래서 어느 날, 딱 멈췄다. 더는 고통받기 싫어서.

20년도 더 지나서, 오래된 편지를 읽듯 그 시들을 꺼내 놓고, 이걸 어떻게 고치지 열흘도 넘게 고민했다. 언어를 극도로 절약하거나, 중심을 꺼내지도 않고 주변을 산문처럼 맴도는 요즘의 시들과 너무 괴리가 느껴졌다.

그래도 최소한의 부끄러움을 면하고자 최근의 사회성을 덧씌웠는데 잘한 건지는 알 수 없다. 90년대 서울말을 티브이에서 보고 듣고 깜짝 놀라듯, 오랜만에 보는 내 시가 주는 감정이 그랬다. 낯설다. 어색하다. 주절주절 말이 많다.

그 시절, 시는 무얼 구원할 것인가로 우린 자주 토론했다. 당연하게도, 아무것도 구원할 수 없고, 목적을 가지면 그건 시도 아니니, 아무거나 떠오르는 대로 시를 썼던 것 같다. 그럼에도 프로파간다에 많이 휘둘린 느낌이다.

소설을 쓰면서, 문학에 대해 말할 일이 있을 때 나는 종종 시인이 부럽다고 고백했다. 내가 참으로 오랜 밤과 낮, 머리를 쥐어짜 긴 문장을 쓰는 동안, 그들은 종종 내가 난삽하게 주절거린 문장을 한두 줄로 마감해 버리기 때문이다.

최근에 심심해서 유튜브 채널을 하나 시작해 보았는데, 콘셉트만 짜 주면 인공지능이 영상과 음악을 원하는 대로 만드는 걸 보고 큰 충격을 받았다. 그림과 사진은 실재와 구분하기 어려울 정도로 정교하다. 주변에서 인공지능 관련 대화가 오고 가면 나는 힘주어 말하곤 한다. 그래도, 시와 소설은 어려울걸? 인공지능이 카프카나 칼비노, 키냐르, 사르트르를 대신할 수 있다고?

말도 안 돼.

하지만 두려움이 있는 게 사실이다.

그런 날이 오면, 무얼 하지?

극장 안의 관객과 극장 밖의 관객
외 4편

김도언

김도언 | 1999년 〈한국일보〉 신춘문예 소설부문에 당선되어 소설을 발표하기 시작했고 2012년 시전문계간지 《시인세계》 신인상에 당선되면서 시작 활동도 병행했다. 펴낸 책으로 장편소설 『이토록 사소한 멜랑꼴리』 『꺼져라 비둘기』 소설집 『악취미들』 『홍대에서의 바람직한 태도』 등과 시집 『권태주의자』 『가능한 토마토와 불가능한 토요일』 등이 있다.

극장 안의 관객과 극장 밖의 관객

극장을 나온

젊은 사내, 죽으려고

죽기만 하려고

다른 건 할 생각이

조금도 없고

오직 죽기만 해보려고

자신의 풍족하지 않은

모더니티와

발전이라곤 없는 농담이 못마땅해

죽는 게 좋겠다고

단단히 마음을 먹고

극장을 막 나온 젊은 사내가

꽃집과

국숫집을 지나

독일약국에 들어갔는데

사내에겐

빨간색으로 머리칼을

물들이고

록밴드의 보컬을

죽도록 쫓아다닌

불성실한

여자 친구가 있었고

길고양이를 수집하는

어머니가 있고

아버지는

폭력적인 관료였는데

그는 그것들로부터

힘껏 도망쳐

극장으로 피신했던 것인데

영화는 죽음보다

환하고 지루해서

슬픔을 지울 길이 없고

유령 같은 옆자리 관객이

사타구니께로 손을 뻗어 올 때

기차처럼 빠르게

극장을 뛰쳐나온 사내는

죽으려고

다른 욕심은 없고

죽기만 해보려고

붉은 해가 떨어지는

지독하게도

모더니티가 희박한

개성 없는 도시 한낮의 차도를

가로질러

꽃집을 지나서

국숫집을 지나서

약국을 들어간 것인데,

호기심 가득한 누군가가

이 모든 것을

이토록 사소한 시퀀스를

극장의 옥상에서 관찰하고는

'극장을 나온

젊은 사내, 죽으려고'

첫 두 줄을 쓰기 시작한 것인데

극장에서 약국까지가

그의 시선이 떨어진 절벽이었네.

여름 노래

흥에 겨워 여름이 오면 가슴을 활짝 열어요, 어디선가 여름을 찬양하기 위해 만들어진 노래가 들려오네. 노래는 아무 잘못이 없지.

그런데 여름에는 일제히 시신이 부패하잖아. 누군가에게 몰래 죽임을 당한 시신도, 가족들과 물놀이 하다 급류에 떠내려간 시신도, 홀로 살다가 아무도 몰래 쪽방에서 죽은 노숙자의 시신도, 시민과 가족의 통곡 속에 묻힌 고위 관료의 시신도, 독재자의 시신도, 아름다운 여배우의 시신도 일제히, 열심히 부패하지.

여름이 위대하다면, 그러니까 여름을 찬양해야 할 이유가 있다면, 그것은 시신들을 썩힘으로써 시신들이 가장 시신답게 처신하도록 돕기 때문이야. 모든 걸 썩히고 지워 버리는, 흥에 겨워 여름이 오면 가슴을 활짝 열어요.

불안의 우주

별이 떠도 이상하지 않을 만큼 모두가 숨죽인 오후 네시, 한여름이다 슬리퍼를 신은 중년 사내 하나, 대여섯 살짜리 아이와 손을 잡고 아파트 현관 앞으로 나온다 사내는 담배에 불을 붙이고는 달뜬 손가락으로 어딘가에 전화를 건다 아이는 중년 사내의 손에서 떨어져 자전거를 타고 사내를 가운데 놓고는 천천히 빙글빙글 돈다 넘어지지 않을 만큼만 페달을 굴린다 사내가 전화기에 대고 빠르게 말한다 담배 연기는 별 사이에서 흩날리는데

주말에는 문자 같은 거 하지 말라니까, 그래 사랑한다고, 월요일 저녁에 보자고 했잖아, 이해해 줘야지, 당신밖에 없는 거 몰라

아이는 사내를 가운데에 두고, 두 바퀴 세 바퀴 알 수 없는 표정으로, 불안의 우주를 건너는 표정으로 빙글빙글 돈다 페달을 구르는 아이의 다리가 유난히 희다 전화를

마친 사내가 아이를 부르며 손을 내민다 그의 눈에 허기
가 가득하다 별똥별이 되고 싶은 아이가 마지못해 그 손
을 잡는다 뜨거운 손과 물컹한 손이 미끄러지며 만난다
자전거가 기울듯이 쓰러지고 오후가 절정에서 슬그머니
내려온다

풍문

희미한 종소리에 실려

풍문이 들려왔다

사랑은 가장 신성한 방탕이거나

가장 타락한 숭고라고

외로워서 저물어 가는

저녁의 심장마다 풍문이 박혔다

어떤 여자는 구두를 벗었고

남자는 서둘러 창문을 닫았다

질투심

　예전에 같은 회사에서 일했던 동료 L은 말을 할 때, '사실상'이라는 조건절을 자주 사용하는 습관이 있었어요. 예를 들면, "나는 사실상 그것을 결정할 위치에 있지 않았어요."라든지, "그 일은 사실상 그 순간 끝나버린 거라고요."라고 말하는 식이었죠. 그의 말은 매우 조리가 있고 설득력이 있어서 누구나 주목을 하고 경청을 했죠. 나는 언젠가 동료들과 술을 마시는 자리에서 L의 상징자본이 돼 버리다시피 한 '사실상'이 마음에 들었고 그것을 내 것으로 만들고 싶다는 생각이 들었어요. 네, 질투심이었을지도 몰라요. 그래서 그것을 내 말 속으로 가지고 왔지요. 그리고 동료들 앞에서 처음으로 사용해 봤어요. "저, 사실상 화장실 좀 다녀올게요." 그러자 동료들이 하하하 오래오래 웃었어요.

언제부터라고 말할 수는 없지만 제법 어린 시절부터 불안이란 걸 의식하기 시작했다. 내 안에 성큼 들어와 있는 불안은 물론이거니와 저만치서 도사리고 앉아 병든 염소의 방심을 노리는 맹금류 같은 그 서슬 퍼런 불안이나 붉은 석양이나 안개처럼 슬며시 내려앉는 불안들이 시나브로 내 영혼을 잠식하기 시작했다. 그렇다면 나는 불안의 볼모였을 터인데, 그게 다행인지 불행인지는 아직까지 말할 수 없다.

이런 나의 사정 때문에 불안은 자연의 섭리처럼 내 문학의 주제가 되었다. 특히 시는, 주절거리거나 웅얼거리는 것도 마뜩하게 받아들이는 시는 불안을 어떤 형태로든지 드러내는 것을 허락해 주었다. 소설을 쓸 때는 불안을 어떤 구조 속에서 서사적 개연성을 가지고 말해야 했는데, 그러는 사이 불안의 원형이 훼손되는 걸 지켜봐야 해서 적잖게 불만스러웠다. 그것이 발목을 죄는 사슬처럼 나를 적잖이 괴롭혔다. 소설을 써도 해결되지 않는 게 있다는 자각은 공포스러운 것이기도 했다. 그런데 어느 날 시를 끄적이게 되면서 불안을 있는 그대로 마주보게 되었다. 시는 소설처럼 불안의 구조와 그 전말을 보고하지 않고, 이를테면 그대로 맛보는 식이었다. 그러니까 아예 삼켜 버리는 방식으로 말이다. '시는 불안을 삼킨다.' 이후 이것이 내가 아는 시의 제1 칙령이 되었다.

여기에 발표하는 졸시들 역시 불안을 직간접적으로 드러내고 있다. 내가 만들어 낸 시적 자아들은 여름에 어딘가에 묻혀서 부패하는 시신들의 처지를 염려하고, 바이러스처럼 퍼지는 음험한 풍문을 직관적으로 촉지하기도 한다. 또 깊은 사련에 빠진 중년 사내를 어린아이와 함께 등장시켜서 그 불안의 깊이와 너비를 잔인할 정도로 극대화하기도 한다. 이 세상이 극장이라는 전제하에 스스로 삶을 마감하려는 자의 동선을 따라가면서 우주에 미만해 있는 불안을 보고하기도 한다. 이 정도라면 독자들은 나를 불안에 중독된 사람쯤으로 여길 수도 있으리라는 데 생각이 미친다. 그러나 중독증이라는 것이 그것에 지배된 주체의 의지를 질타할 수 있는 것이라면 불안은 주체의 의지와 상관없이 대기와 공중에 탄소화합물처럼 흩날리는 입자다. 피하고 싶다고 해서, 끊고 싶다고 해서 그럴 수 있는 게 아니라는 것이다. 사정이 이렇다면 불안과 화해하고 불안을 섬기는 것도 삶을 돌보는 한 방편이 될 수 있다. 그러니까 시적인 가능성 안에서 말이다.

또 한 가지. 불안은 나이를 먹는다고 엷어지거나 가벼워지는 게 아니라는 걸 나이를 먹고 나서야 알게 되었다. 오히려 불안은 나이를 먹으면 먹을수록 주름처럼, 혹은 홍반증처럼 몸에 새겨지고 스미는 것임을. 사실은 피부를 뚫고 영혼에까지 침투하는 게 분명하지만 말이다.

아무려나, 부끄러운 마음으로 여기 내 앙상한 불안의 초상을 담은 시를 독자 여러분께 선보인다. 바라는 건 다만 이 시편들이 독자 여러분에게 가만히 다가가 각자 자기의 내밀한 불안을 어루만지는 시간을 갖게 되는 것이다. 이를테면, 팔꿈치는 분명 만져지는 것이지만 한 번도 제대로 관찰된 적 없는 실재다. 불안도 어쩌면 그 팔꿈치와 같은 것이다. 시의 눈으로 바라봐야만 하는.

비 시
외 4편

김태용

김태용 | 2005년 《세계의 문학》 봄호로 소설 등단. 소설집 『풀밭 위의 돼지』 『포주 이야기』 『음악 이전의 책』 『확장 소설』, 장편소설 『숨김없이 남김없이』 『벌거숭이들』 『러브 노이즈』 출간. 2023년 《포지션》 여름호에 시를 발표하며 본명으로 시작 활동. 자끄 드뉘망이란 이명으로 시집 『뽈바지』 『자연사』 『겨울말』 출간. 현재 숭실대학교 문예창작전공 교수로 재직 중.

비 시

나는 아침에 깨어나 오라고 하고

밤에 가라고 하고 잠든다

나는 종종 다른 사람의 시를 읽고 울고 싶은 마음을 얻

고 싶은데(싶은을 두 번 썼군 으음)

요즘엔 시를 읽지 않으니 울고 싶은 마음을 얻지 못한다

아니 몇 편의 시를 읽었다

하지만 나에게 어떤 감흥도 주지 않았다

내가 잘못 읽은 것인가

그럴 리 없다

그러니까 그건 나에게 시가 아니고

나는 시를 몇 편 읽은 적이 없고

울고 싶은 마음도 얻지 못한다

여름에는 비가 왔다

가을에는 비가 왔다

겨울에는 비가 왔다

봄에는 비가 왔다

시인들은 비가 올 때 시를 쓴다

나는 그런 시를 읽고 싶다

울고 싶은 마음은 좀 아껴 두자

나는 몇 편의 시를 더 읽어야 한다

시인들이 시에 날씨를 적어 두면 좋겠다

시인들의 우산에는 언제나 비가 샌다

이런 생각만으로도

시를 쓸 수 있으니

행복하다

나는 아침에 깨어나

오라고 하고

밤에 가라고 하고 잠든다

오랫동안 그랬다

앞으로도 그럴 것이다

자연

집을 떠나

오래 걸었고

많은 사람을 만났다

그들의 마른 얼굴

그들의 둥근 얼굴

그들의 그림자

흰 손

검은 손

노란 손

붉은 손

가벼운 신발들

그들과 잠시 함께 걸으며

이야기를 나누기도 했다

어떤 이야기인지가 중요할까

그건 책상에서만 가능하다

이야기가 끝나면

내 안에서 무언가 빠져나간 기분이 들어

잠시 눈을 감고 눈꺼풀에 닿는 것들을

바라보았다

여름바람이 불어왔다

그리고

밤이 오면 어김없이

잠들어야 했다

누운 책

멀리서

헤엄치고 있는 사람이 보낸

긴 뼈다귀 구름

날씨와 서명

그리고

우리를 괴롭히는 건 이미지가 아님

가짜 선언에

매혹된

가느다란 눈으로

코 밑에 로즈 오일 두 방울

잠든 손을 뒤집어

책꽂이의 핀을 하나 뽑자

누운 책이 보인다

저게 네가 찾던 걸까

너를 조롱하고 울게 하고

결국 떠나게 만든

누운 책

하지만 누운 책에도

네가 찾는 문장은 없었다

나의 손은 다시 잠들고

이미지를 빼앗긴 마음으로

천천히 전체를 노려보면

멀리서 계속

헤엄치는 사람

긴 뼈다귀 구름처럼

언젠가 이름만 둥둥 뜨게 될 사람

여름날저녁미친사랑의노래

누가 저런 제목의 시를 쓰나

내가 쓴다

오늘은 다이얼 전화를 생각했다

그땐 수화기를 귀에 대야만

잠들 수 있었다

깨도 깨도 계속 잠이었다

잠의 밀밭에 누워

밤이 오리라는 희망도 없이

미끄럽고 간지러웠다

여름날 저녁

전화선을 타고 흐르는

미친 사랑의 노래가 끝나면

멀리멀리 갔다

우체국에서

우표를 뜯는 손을 본다

너무 멀리 갔다

허기를 달래는

자연의 코웃음 소리

내가 듣는다

밤과 다른 희망으로

너와 나는 더 홀로 있어야 한다

돌아와

책상 위의 책이 썩고 있다

새벽이슬에 젖은

들판에 누워

모리스 블랑쇼의 문장을 기억해 낸다

어떤 책이었는지는 잊었다

계속 생각했다

잊었다

오늘 하루는

내가 잊어버린 책과

내가 기억하는 문장을 생각할 것이다

끝내 나는 기억하지 못할 것이다

기록과 망각의 기쁨

오후에는 시장에서 파와 빨간고기를 샀고

친구들에게 전화를 걸어

책상 위의 책이 썩고 있다고 말했다

아무도 웃지 않고

내가 어디 있냐고만 물었다

나의 집 앞에 쌓인 우편물들이 춤을 추고 있다고

친구는 끝내 울음을 터뜨렸다

그녀는 많이 아프다

아무것도 잊을 수 없다고 했다

나는 공중전화 선을 몇 번이고 꼬았다가 풀었다

목을 감을 수는 없지

아직이다

수화기를 내려놓자

동전이 쏟아졌다

지나가는 키다리 노인이 잭팟이라고 했다

나는 그를 윌리엄 버로우즈라고 생각하며 걸었다

나는 기다리는 자연을 지나쳐 계속 걸었다

그러니까 걸었다?

얼굴이 있다. 사라지지 않는 얼굴이 있다. 물리칠 수 없는 얼굴이 있다. 가까이에서 만질 수 없는 얼굴이 있다. 멀리서, 더 멀어져야만 바라볼 수 있는 얼굴이 있다. 그 얼굴이 기억날 때마다 그 시를 떠올린 것은 아니다. 그 시는 차갑고, 단단하고, 달고, 깊고, 사라지고, 말하고, 들리고, 돋아나고, 물러서고, 셀 수 없고, 축축하고, 흘러내리고, 흔들린다. 그 시를 읽지 않고 보고 있는 나의 눈과 마음도 그렇다. 그 시가 언제 나에게 도착했는지 기억이 나지 않는다. 아마 나보다 먼저 알 수 없는 기분에 묶여 있던 너에게 도착했을 것이다. 그 시의 멱살을 잡고, 다리를 걸어 자빠뜨리고 싶었던 적도 있었다. 왜 그래야 했는가. 왜 그러면 안 되는가. 기억하고 싶지 않다. 기억을 하고 싶지 않을 때마다 기억을 갈아엎을 만한 또 다른 기억이 새록새록 난다. 발바닥에 풀이 돋는 것처럼 그렇다. 여름이었고 나는 너와 함께 있었다. 이 문장은 이렇게 고칠 수 있다. 여름의 절정이었고, 나는 너와 함께 있었을 것이다. 너는 코를 찡긋거리며 말했지. 기분을 믿지 않는다고, 그것 말고도 우리가 믿지 말아야 할 것은 너무나 많다고. 순순한 동기로 나는 한낮의 몽상에 타버린 너의 피부를 손톱으로 벗겨 냈고, 밴드 겨울공원의 타이틀곡인 〈겨울공원음악〉을 반복해서 들었다. 더 좋은 음악은 없을까, 하면서 계속 들었다. 더 좋은 음악이란 무엇일까. 왜 그 시를 보면 더 좋은 음악이 보일까. 정확하다. 들리는 것이 아니라 보이는 것이다. 그것을 설명할 수 있을까. 이해시킬 수 있을까. 너는 지금 없고, 너 때문이 아니라 여름도 끝났다. 얼굴이 다가온다. 멀리서, 더 멀리서 다가온다. 그렇게 믿는다. 다 지난 일에 불과한가. 그 시처럼 말해 볼 수도 있을 것이다. 차갑고 단단한 시간이었다고. 거짓말같이 모든 것이 흐릿하다. 흔들린다. 시인이 비유를 쓸 때는 조심해야 한다. 그 덫에 걸려 들어가면 모든 게 끝장이다. 담배 연기로 머리를 감고 술에 혀를 절여도 소용없다. 나는 네 앞에서 속옷 차림으로 그 시를 베껴 쓰고 읽었다. 너는 가, 라고 말했고, 나는 오, 라고 들었다. 그 시에서처럼 모든 것이 만사형통은 아니었다. 소설만 쓰지 않으면 모든 게 좋아질 거야, 라고 내가 말했던가. 너는 들었던가. 불을 꺼도 방 안이 환했다. 양말을 나눠 신고 잠이 든 밤이면 방이 줄어드는 것만 같았다. 꿈에 대해서라면 서로에게 말하지 않았다. 소금에 절여진 양배추 같은 머리통을 흔들며 김빠진 맥주를 마시고 거울에 쌓인 먼지를 닦았다. 너는 뒤를 보인 채 칼질을 하고 있었는데, 더 이상의 음악은 없다고 이상한 각도로 저항을 하는 듯 보였다. 너를 들어 올려 전등을 갈고 밖으로 나왔다. 보리밭이 펼쳐져 있었다고 하면 거짓말일 테지만, 보리밭 한가운데로 들어가 독일 가곡을 불렀다. 우리가 배운 것은 모두 다 번안된 독일 가곡 같은 거야. 건반을 누르듯 뒤늦게 나타난 네가 코를 찡긋거리며 말했다. 구름이 지나갔고, 저항은 끝났고, 너보다 더 늦게 나타난 사람, 그는 자신이 시를 쓴 사람이라고 했는데, 사실 그 시는 얼굴에 대한 썩 하찮은 시라고 말했다. 나는 그의 멱살을 잡고 다리를 걸어 자빠뜨렸다. 그는 웃었고 너는 오래된 농담을 저주하듯 속옷을 벗고 그의 얼굴에 오줌을 쌌다. 그의 얼굴은 축축했지만 여전히 웃음이 흘러내리고 있었다. 마치 얼굴이 없는 것처럼. 없는 것처럼. 없는 것처럼. 어째서 그는 웃고 있었을까. 그 여름이 도래하면 우리는 보리밭에서 독일 가곡 같은 그의 웃음소리를 들으며, 오래지 않아 손을 잡고 죽어가게 될 우리의 얼굴을 떠올리고 있을 것이다. 그건 모두가 아는 진실과 무관한 시적 기분일 것이다.

무기여 잘 가거라
외 4편

문형렬

문형렬 | 경북 고령에서 태어나 〈조선일보〉 신춘문예에 소설과 시, 〈매일신문〉 신춘문예에 소설과 동화 등이 각각 당선되어 문단에 나왔다. 2012년 현진건문학상을 받았다. 장편소설로 『바다로 가는 자전거』 『눈먼 사랑』 『연적』 『어느 이등병의 편지』 외. 시집으로 『꿈에 보는 폭설』 『해가 지면 울고 싶다』 『너의 이름만으로 행복했었다』 외 다수가 있다. 장편소설 『바다로 가는 자전거』 영어번역판 『Bicycling Over the Ocean』(번역 John H. Cha)이 영어 오디오북으로 제작, 아마존 등 영어권 오디오북 사이트에 올라 있다.

무기여 잘 가거라

부처도 한때는

평범한 사람이었다

이제, 슬픔을 닦아 부서진 뼈 조각을 맞추고

등짐을 바로 하자

바람도 스스로 무거울 때가 있으니

모든 살아 있는 것들에

그리움을 쓰지 말자

우우우우루루루루

아아아아라라라라

사람이 흙으로 돌아가면

서러움도 흙이 되고

사랑도 흙이 되나?

흰눈이 내려서 세상을 덮고

고려영산홍 봄꽃은 흙에서 빠져나오니

강물은 또 꽃그늘로 일렁인다

무기여 굿바이, 무기여 잘 가거라

꽃잎이 전하는 말씀을 알아듣지 못하네

무기여 잘 가거라

무기여 잘 가거라

경주분황사모전석탑

분황사,

나는 눈먼 탑이네

해 지고

어둠이 걸어오는데

꽃 피어서

눈보라 지는데

무너지고

무너져도

허공을

받들고 있네

쇠별꽃 앞에서

어느 우주에서 왔는지 온 길을 잊고

어느 별로 가고 싶은지 갈 길도 잃어서

너는 벌판에서 아주 작은 별 모양으로

기다림만 하얗게 새겨서 핀다

땅에 내려와서

수억 광년 너머 무정한 고향을

열 손가락마다 품었다가

가슴에 얼굴을 파묻는 그림자 별들아

태양보다 변덕스러운 날짜는 없다,

어디로 가는 그곳이 그 어딘지 몰라도

뜨거운 날이 다 가도

소보다 더 슬펐던 그리움은

멀리 있다고 흐려지지 않아서

아주 멀리 있다고 지워지지 않아서

계절도 없이 오고 가는 불멸은

네 앞에서 결코 말할 수 없는 것,

겨우 안녕, 땅에서 안녕

저 모든 별에서 새로 만나자고

덧없는 가슴마다 벌판을 안고서

쇠별꽃, 무더기로 핀다

아주 키 작은 나무

시베리아 횡단열차가 서는

외딴 역

저물녘에

나는 그림자로 길게 서서

철로 건너

벌판을 달려서

세찬 바람이 찾아오면

제 몸을 뿌리에 부딪치는

아주 키가 작은 나무로 서서

외딴 역을 떠나는

열차를 바라보며

기적 소리 따라 눈보라가 쌓이는

먼 마을에

따스한 불빛만으로도

나는 홀로 용기를 품을 거야

12월에 쓰는 편지

김성춘 선생님께

春 선생님, 인천국제공항으로 가는 역 근처 커피점에 앉아 선생님의 시집 『길 위의 피아노』를 읽었습니다. 길에서 유리창 안으로 누군가 나를 물끄러미 보고 있었습니다. 선생님 시집을 읽고 있는 내 모습이 어디서 본 듯하다는 얼굴로.

나는 창밖 그 얼굴을 마주 보고는 의자에 더 앉아 있지 못했습니다. 시집을 탁자에 두고 피아노 뚜껑을 덮어 두듯 밖으로 나왔습니다.

유리창 안을 들여다보던 길가 그 자리에 서서 커피점 안에 앉았던 의자와 탁자에 놓인, 경주 분황사에서 건네주신 선생님의 열네 번째 시집을 나는 정물화처럼 들여다보았습니다.

우리의 슬픔이 닿지 않는 곳

하늘의 빈터에서 눈이 내린다[*]

　선생님의 노래가 수많은 계절을 뒹굴고 스쳐서 지금 저
‘속수무책의 슬픔’으로 찾아와 유리창 안으로 내 얼굴을
들여다보고 있음을 몇 번이나 길 밖으로 나와서야 알았
습니다.

　나는 그 앞에 마주 서서

또 그 자리에 서서

배웅하려는지 마중하려는지 아직 몰라서

길 가에 가만히 서 있기만 했습니다.

<hr>

[*]　김성춘 시 「바하를 들으며」에서 인용.

검은 겨울 나무에도 봄이 오듯, 그래서 겨울 나무는 얼어 터질지도 모르는 수액을 품듯, 나는 오직 모국어를 품고 길 위의 저 드넓고 깊은 피아노 화음을 여행가방에 대평원처럼 펼쳐넣고, 눈 쏟아지는 북쪽을 떠나는 새처럼 아주 멀어서 따스한 곳으로 길을 나서고 맙니다.

배웅도 마중도 없이
나란히 속절없이
저 속수무책으로,
春 선생님……

눈은 내리어 죽은 가지마다
촛불을 달고[*]

* 김성춘 시 「바하를 들으며」에서 인용.

슬픔은 길 위에서

폐 속에서 폐 밖에서

모국어로 쏟아집니다.

無記 올림

어떤 날에는 시베리아 횡단열차가 외딴 역에 선다. 역 지나 작은 마을에는 기관사의 집이 있다. 그가 씻고, 옷을 갈아입고, 가족들의 등을 두드리고 열차로 돌아올 때까지 나는 역사 앞에 서서 기다린다. 마을 사람들은 감자와 만두, 흑빵, 소금에 절인 돼지고기, 딸기 잼, 해바라기 씨, 팔도 도시락 라면, 뜨거운 차를 들고 객실을 다니며 판다. 저물녘, 내 그림자는 역사 지나서 벌판으로 달려간다. 서쪽으로 가는 저 열차를 결코 타지 않으려는 듯.

스물일곱 살에 멋모르고 소설가가 되었다. 나는 자주 나 자신이 쌍봉낙타처럼 여겨졌다. 사막에 길이 나면서 쓸모가 없어 버려진 야생 쌍봉낙타처럼, 소설이라는 혹과 시라는 혹을 지고 나는 문장 앞에 선 막막함을 지나가고 싶어서 시와 소설로 등단한 그해부터 혼자 그림을 그렸다.

긴긴 시절 사이로 언어로 다할 수 없는 이야기들은 속에서 터져 내렸고…… 나는 지는 꽃잎을 두 손에 받쳐들듯 이야기를 듣고 검붉게 서 있다. 내게는 소설이든 시든 그림이든 다 몸 속에서 옹송그리며 나란히 어깨를 기대고 있다. 바람이 불고 시간이 스쳐가면 내가 기록하는 이야기는 흔적조차 없지만 공중의 궤적은 어디서나 잘 보인다. 황량한 벌판을 달려가는 그림자처럼 어떤 성취도 없고, 잊히고, 돌아오지 않는다 해도.

땅에서 품는 절망은 길을 떠남으로써 잘 보인다. 공중에 파묻었던 그리움은 내내 선정禪定에 들지 못하고 등 구부린 채 서 있다. 볼 수 없고 만질 수 없으니 전생에 아무것도 없고, 다음 생에도 아무것이 없다, 모든 작별은 화려한 그림자이고, 나는 벌판에 서 있는 눈먼 그림자이다.

여기, 이 덧없는 순간이 불멸을 구성한다고 노래하면 무거운 그리움은 중력보다 더 세차게 시간과 공간을 휘어지게 하고 어느 날, 푸른 날짜로 찾아올까?

흩날리는 아주 오래된 내일부터……

아주 먼 오늘까지.

어머니
외 3편

서하진

서하진 | 1960년 경북 영천 출생. 《현대문학》으로 등단. 『책 읽어 주는 남자』 『라벤더 향기』 『비밀』 『요트』 『착한 가족』 『나나』 『사랑하는 방식은 다 다르다』 『다시 사랑한다 말할까』 등 창작집과 장편을 펴냄. 경희대학교에서 수학. 경희대학교 국어국문학과 교수로 재직 중이며 곧 퇴임 예정.

어머니

이만하면 잘살았다. 남한테 아쉬운 소리 안 하고

아흔셋의 어머니는 바람하고도 얘기하신다.

먼 곳으로 떠날 사람처럼

허공을 보며 이야기 속에서 사람들을 만나신다.

그 할매도 올봄에 갔다.

죽은 이들이 다녀가는 어머니의 이야기는 고요하고 고

요하다.

어머니는 바람하고도 이야기하신다.

꽃잎 하나 스쳐 가도

누가 왔나, 물으신다.

푸른 힘줄이 불거진 손,

젊은 날의 기억을 더듬듯

어머니는 얇디얇은 거죽에 감싸인 굽은 손가락을

조물조물 쓸어내린다.

저리세요?

어머니의 손을 조근조근 주물러 본다.

아프다, 야야, 아프다, 하면서도

어머니는 손을 빼지 않으신다.

슬픔이,

꼭 눈물만으로 나오는 건 아니다.

세 자매

벼가 눕고

빛이 번진다.

아, 멋지다. 막내가 말한다.

보기 좋아 뭘 해, 어차피 똥 될 거야.

팔짱을 끼고 휘적휘적 걷는 둘째의 뒤로

햇살이 숨을 고른다.

똥 되면 다행이지. 그거 쉽지 않아.

변비에 시달리는 큰언니는 소리 내지 않고 웃는다.

수확과 체념과 위로가

가만히 내려앉는 한낮의 벌판.

김밥 마는 오후

김밥 한 줄을 말고

전화를 건다.

언제 와?

딸은 속삭인다. 오늘 마감이야.

삭힌 고추를 다져 넣고 또 한 줄을 만다.

참기름 냄새,

녹색 눈을 빛내며 야옹이가 다가선다.

김치를 넣고 한 줄

청양고추를 양껏 넣은 또 한 줄.

가지런한 김밥을 담은 사진을 톡방에 올리고

굳기 전에 와…….

말풍선 옆의 숫자가 줄어들기를 기다린다.

밥알이 붙은 손끝을 헹구다

아 참, 잊을 뻔했네, 참깨를 가득 뿌리고…….

찜질방에서

여자가 나를 빤히 쳐다본다.

슬쩍 시선을 주는, 그런 눈이 아니다.

오 초쯤 지나 내가 묻는다. 왜 그러세요?

아는 분 같아서요.

황색 수건을 쓴, 온통 땀으로 벌게진 얼굴.

나와 똑같은 옷을 입은, 중년의 여인.

전혀, 기억에 없는 얼굴이나

어쩌면 초등학교 동창일 수도

어쩌면 오래전 어느 크리스마스, 캐럴을 연습하던 유치
원 학부형일 수도.

명일동 사셨죠? 그 삼익아파트.

애매함과 확신 사이, 여자가 묻는다.

막 떨어지는 땀을 닦는 여자의 손끝에 반짝이는 비즈.

아닌데요,

맞는데, 508혼데…….

기어이 아파트 호수까지 떠올린 여자를 스쳐 소금방으

로 간다.

기억은 신기하고 집요하다.

서향의 창에 들던 뜨거운 햇살, 녹슨 세발자전거.

장대비 쏟아지던 날, 나란히 복도에 서 있었던 여자.

저것 좀 봐, 세상에 저 나무에 벼락이, 벼락이…….

다른 생의 일처럼 희미하고도 생생한 순간들을 황색 수건으로 덮는다.

어쩌면 나는 너무 오래 살았는지도 모른다.

| 시작 노트 |

오래전 초등학교 삼 학년이었던 때 시로 무슨 백일장에서 수상한 기억이 있다. 제목은 '가을'이었다. 하늘은 높고 구름은 한가하고 낙엽은 떨어지고…… 나는 천천히 그 길을 걷는다, 아무 생각 없이. 그런 이야기였다. 고작 열 살의 아이가 그려낸 처연한 풍경이 지금도 선연히 떠오른다. 수십 년이 지났건만 여태도 내 안에는 자라지 않은 아이가 있다. 밤마다 꿈을 어지럽히는.

별리
외 4편

은미희

은미희 | 1999년 〈문화일보〉 신춘문예 단편소설 「다시 나는 새」 당선. 삼성
문학상 수상. 광주대학교 인문사회대학 문예창작학과 및 같은 학교 대학원
문예창작학과 졸업. 동신대 한국어교원학과 박사과정 수학. 소설집 「만두
빚는 여자」 장편소설 「소수의 사랑」 「바람의 노래」 「18세, 첫경험」 「바람남자
나무여자」 「나비야 나비야」 「흑치마 사다코」 등 출간. 전 동신대 강사.

별리

난분분 휘날리는 꽃잎들로

하늘이 흩어진다, 점점이

존재하는 건 모두 헛것이지 않든가

있다가 문득 사라지는

지수화풍, 본래의 자리로 돌아가고

존재의 기억마저 사라진 자리에 남는 적멸

한 생의 연에 또 하나의 고를 더했다

다음 생에 우리는 또 어떤 모습으로 만날까

한동안 앓았더니

오랜 울음을 운 뒤끝처럼 후련하다

긴 투레질로 남은 슬픔을 토해 낸다

울음이 빠져나간 몸이 가볍다

가만히,

건너간다

또 하나의 헛것으로 다시 떠돈다

저만치에서 그가 하나의 꽃잎으로 떠나간다

꽃잎처럼 가벼운 인연

내가 그의 꽃잎이기는 하였을까

한 시절 우리는 어떤 인연이었을까

폭염주의보

저 빛

빛의 입자들

쉿소리가 들린다

세상이 비현실로 보인다

저 빛이,

나무의 색을 지우고

시간을 지우고

소음들을 지우고

생의 궤적들을 지우고

기억의 모서리를 지우고

세상의 모든 물리마저 지우려 한다

저대로 말라가도 좋겠다

뭐든 장하면 아름답지

저 빛

내 안에 파고들면 좋겠다

뇌수를 말리고

나를 말리고

내 안의 호흡까지 말렸으면 좋겠다

나를 지탱하던 장기들과

나를 어지럽히는 오욕칠정과

내 숨마저 저 빛에 바짝 마르면 좋겠다

생명의 습기도 사라지고

내일의 꿈도 사라지고

존재의 무게도 사라지고

그러다 어느 순간 작은 흔들림에 맥없이 가루로 흩어져
날렸으면 좋겠다

그렇게 사라지면 좋겠다

머미 브라운

미라를 가루 내어 만든 물감

그 색마저

그 흔적마저

남기지 않고 말끔히 부서져 저 빛 속에 또 다른 입자로
떠돌고 싶다

그러다 가만히 누군가에게 스며들어 그의 일부로 살아
가도 좋겠다

그의 심장으로

그의 눈으로

그의 피톨로

그의 근육으로

온전히 그로

그 안에서 다시 한 생을 보듬는 따듯한 온기로 태어나
고 싶다

이상 기온

그날 해가 진 것은 어제보다 한 시간이나 빨랐다.

생을 간질이는 목마름이 목의 깊숙한 쪽에서 또 다른 통증으로 살아났다

어떤 신호도 없었다

둘이서 하나를 이룬다는 것은

삶의 단애 끝에서 추는 격렬한 탱고처럼 아찔했다

그가 천천히 내게로 걸어오던 날

단단하던 마음이 위태롭게 흔들렸다

내가 방하착으로 내려놓았던 사랑이라는 두레박을 꺼냈던 날이었다

그해 여름은 가물었고, 내 우물은 엉그름진 상처투성이 동굴이었다

뜨거운 열기에 쫓기듯 우물 바닥을 파내었다, 내가 파였다

오랜 목마름은 내 몸 곳곳에 균열을 일으키며 지독한
혈기를 잉태했다

그와 가까워질수록 계절은 뜨거웠고 나는 조금씩 귀퉁
이부터 녹아내렸다
그 여름의 열기는 이상 기온이었다

그를 들이는 일은 나를 지우는 일
나를 내주고 너만 남은 시간

나의 우물은 그날, 달콤했을까

사하라

당신은 사하라 사막에서 알라딘 램프를 만지듯 상처투
성이인 나를 심네요
깊이 심을수록 뿌리가 치받는 백치의 모래 속

멀리서 온 바람은 알까요
물이 없는 바닥에 닿은 눈물의 농도를
그 순결한 목숨을
처음 움켜쥔 것은 허공이었고
사랑이 목마름이라는 것을
저리 뜨거워진 뒤에야 알았다는 것을

그리하여 심장까지 타들어 가도록
온몸이 옥죄어 가도록
저를 더 깊이 묻는다는데

나는 맨몸으로 거친 돌풍을 막아 내는 사하라의 바람

막이

　그리 움켜쥔 울음이 램프의 어느 지점에 가 닿을까요

　내가 몸부림칠수록 사막의 모래들은 더는 날아가지 않

을까요

　어린 목숨이 물기에 닿을 때까지

　숨이 가득 차오른 사구를 넘을 때까지

　당신은 따뜻한 눈빛 내어 준 적 있나요

　울고 싶을 때 사하라에 사류나무를 심어요

　거기서 눈물 다 쏟고 오면 다시 시작할 수 있을지도 몰

라요

　사막, 그 어디엔가 눈물 머금은 사류나무 한 그루

　뿌리 웅크린 채 생을 견뎌 내고 있을 거예요

슬픔을 모르는 시계

멈출 때까지 슬픔을 모르는 시계가 있을까요

하나가 사라지고, 다시 하나가 드는 세계

1초에 한 걸음을 걸으며 슬픔, 슬픔 새기는 시계가 있

을까요

어느 봄볕 간지러운 날

환영처럼 화르륵, 흰 꽃으로 피어났다 검은빛으로 물크

러지는

목련꽃 같은

우리의 생, 그 분분한 사연들

시계는 멈추기 전 가장 느린 소리를 낸다지요

하루를 한 생으로 사는 당신의 숨은 얼마나 깊을까요

그 순간에도 지는 눈물 하나 있고 피는 생 하나 있습니다

태엽을 감아 주면 그만큼의 먹이로 사는 꽃도 있습니다

당신의 웃음을 먹으며 하루를 사는 사람도 있네요

어떤 저녁은 절망으로 가는 초침이었고

어떤 저녁은 희망을 적는 분침인 적도 있습니다

슬픔을 모르는 회중시계를 가진 적이 있나요

허리춤에 매달린 당신을 무심코 들여다본 적이 있습
니다

그 몇 시간을 사랑이라 부른 적 있었네요

슬픔을 모르고 산다면 우린 내일을 알 수 없겠지요

이 슬픔 속에 당신을 새깁니다

하나가 사라지고, 다시 하나가 듣는 세계에

슬픔슬픔, 끝나지 않을 세계에

오늘도 깊은 숨을 내쉬는 당신을 새깁니다

「별리」.

살아 보니 시가 아닌 순간이 없었다. 이별 뒤의 극심한 통증도, 기쁨 뒤에 찾아오는 살 떨리는 쾌감도 모두 한 편의 시였다. 기쁨과는 달리 그 고통과 통증은 당장의 삶을 위태롭게 흔들어 대지만 그 또한 살아 있으니 지불해야 하는 통과세였다. 그 기억과 풍경들은 기억 어딘가에 침잠해 있다 어느 순간 불쑥 튀어나와 우리를 미소 짓게 만들거나 아릿한 통증을 안겨 주기도 할 것이다. 숨을 다할 때까지 그 통증과 기억들은 기억의 주체와 함께할 것이다. 그 사람의 일부로. 세상의 모든 이별은 아프지만 아름답다.

「폭염주의보」.

여름은 여름다워야 한다지만 최근의 여름은 너무 덥다. 직선으로 내리꽂히는 햇빛에서 금속성의 비기가 느껴질 만큼 그악스럽다. 마치 지상 위의 모든 것들을 지우려 드는 그 날카로운 빛에서 빅뱅을 떠올렸다. 한순간 눈을 멀게 만들고 사라지는 자폭, 자멸. 그 광휘, 빛. 그리고 다시 태어나는 별. 나 역시 그 빛에서 나를 지우고 다시 태어나고 싶다고 생각했다.

「이상 기온」.

갈수록 여름이 뜨거워진다. 하긴 뜨거워지는 것이 어디 여름뿐일까. 사람 사는 사회도 그렇고, 관계와 관계 역시 이상 기온이 존재한다. 너무 뜨겁거나 너무 차갑거나. 예고 없이 맞닥뜨리게 되는 관계의 이상 기온이 갈등과 혼란을 일으키지만 그래도 그 이상 기온을 만나고 싶다. 이상 기온. 무시로 찾아오는 것이 아니지 않던가. 그 열병 또한 삶의 증거다. 소중할 일이다.

「사하라」.

사막 한가운데서 난파선이 발견되었다. 나미비아 사막에서. 그 난파선은 모래사막에서 앙상한 뼈대를 드러내며 발견되었다. 그 모습이 마치 형해만 남은 포유류 같았다. 그 난파선은 한때 풍요를 꿈꾸며 넘실대는 파도를 헤치며 미래를 향해 나아갔을 것이다. 그러다 어쩌다 좌초됐을까. 수천 년이 지난 후에 불쑥 사막에서 그 모습을 드러낸 난파선의 꿈이 아득하다. 우리 또한, 우리의 은밀하고도 비밀한 사랑 또한 그렇게 어느 날 문득, 예기치 않게 세상에 드러낼지 모른다. 그 난파선을 닮은 모습으로. 그 난파선은 사막에서도 계속 항해를 꿈꾸었을 것이다. 나도 그 난파선을 닮고 싶다. 사막에 홀로 버티고 있는 사류나무처럼 홀로 그 여정을 계속해 가고 싶다.

「슬픔을 모르는 시계」.

다들 잠든 시각, 홀로 가는 초침 소리를 듣다 보면 마치 시계가 흐느끼는 것처럼 들린다. 틱톡, 틱톡 멈추지 못하는, 멈추면 자신을 잃고 마는 숙명. 우리도 그러지 않을까. 사랑이 삶을 지탱해 주는 버팀목이라면, 사랑은, 우리 삶에 그 시계 같은 것이 아닐까. 사랑이 없는 삶은 건조하고 끔찍하다.

미래의 노인들을 위하여

외 4편

이만교

이만교 | 《문예중앙》 신인상에 시가, 《문학동네》 소설 신인상에 단편소설이 당선되며 작가 활동을 시작했다. 「결혼은, 미친 짓이다」로 오늘의 작가상을 수상하였고, 「머꼬네 집에 놀러 올래?」 「나쁜 여자 착한 남자」 「아이들은 웃음을 참지 못한다」 「예순여섯 명의 한기씨」 등의 소설과 청소년 소설 「이야기의 이야기의 이야기」와 동시집 「꼬마뱀을 조심해」 등을 출간했다. 시민강좌 '글쓰기 공작소'를 진행하며 「나를 바꾸는 글쓰기 공작소」 「개구리를 위한 글쓰기 공작소」 「글쓰기 실전을 위한 글쓰기 공작소」 「글쓰기 대화법」 등을 출간했다.

미래의 노인들을 위하여

아무도 그 언덕의 사용법을 모른다.

판매처가 사라진 때문이다.

혼자 있고 싶을 때를 제외하면 사람들은 올라가 볼 생각조차 하지 않았다.

틈이 없기 때문이다.

매표소라도 설치되면 그때 가봐도 늦지 않을 거라고들 말한다.

돈 내고 줄 서서 들어가는 습관 때문이다.

구청에서 [언덕 공원]이라는 팻말을 세우자 그 앞에 서서 사진을 찍을 뿐이다.

웃을 핑계가 필요한 때문이다.

구름 그림자가 안으로 들어갈 때조차, 구름 그림자니까 안으로 들어가나 보다 한다.

서로 들여다보지 않는 게 예의라고 생각한 때문이다.

꽃이 피고 새가 울 때는 꽃이 피고 새가 우는 행사 기간인 줄 안다.

요란하기 때문이다.

사람들은 언덕 밑을 경유하는 차창 너머로만 구경한다.

일을 나가야 하기 때문이다.

기업이 위탁 경영을 한다는 발표에 오히려 잘됐다고들 한다. 좋아질 거라고.

문제아들이 꼬이기 때문이다.

언덕 높이의 에스컬레이터가 세워졌고, 언덕 공원에 세워진 동양 최대의 높이라고 한다.

그래야 감탄하기 때문이다.

최근 정부가 한 일 중에 가장 잘한 일이라고 한다.

외지인들이 투자했기 때문이다.

숙박업소와 주유소와 카페가 들어서자 반겼다.

일자리가 생기는 때문이다.

외국인들조차 걸어 올라가도 좋을 언덕을 유료 에스컬레이터를 타고 오른다.

여기서밖에 경험하지 못하기 때문이다.

주민들은 걸어가도 좋을 언덕을 타고 가는 외국인들을
보며 웃는다.

흐뭇하기 때문이다.

피부에 닿는 그 언덕의 바람은 어딘가 특별하다.

땀이 나지 않기 때문이다.

할머니들은 바닥에 앉아 비닐봉지를 판다.

언덕의 바람을 넣어 가고 싶어 하는 사람이 있을까 해
서다.

사람들은 할머니들 앞에 몰려 서 있다.

사가는 이가 있을까 싶어서다.

누군가 비닐봉지를 비싼 가격에 산다.

지켜보기 때문이다.

그 비닐봉지는 구청 마크가 찍힌 친환경이다.

그것만 판매 가능한 때문이다.

그건 참 잘한 일이라고들 수군거린다.

미래가 달렸기 때문이다.

폐가

고향엔 폐가가

있다.

거기엔 귀신이 산다.

귀신이 들려 폐가가 되었다고 인근 주민들은 말한다.

식구들이 다 죽어 나갔다고.

귀신이 들려 폐가가 된 것이 아니라, 폐가가 되어 귀신
이 든 것이라고

전주댁만 입바른 소리를 한다.

동네 사람들은 일제히 귀신 같은 건 없다고 비웃는다.

옆동네 불량 청소년들이라고.

불량이든 우량이든 요즘 시골에, 전주댁만 궁시렁댄다.

애들이 어딨냐고.

그집 아들이 잔업하다 죽었다고.

나머지는 전주댁도 모른다.

고향엔 폐가가

있다.

밤마다 거기서 우는 소리가

들린다.

천사의 그네

우리 동네 공원에는 앉아 있으면 아무도 보지 못하는 그네가 있다.

거울이 없어 그 그네에 앉은 사람조차 이런 사실을 알아채지 못한다.

눈에 전혀 보이지 않기 때문에 행인들은 보지 못한 채 지나치고,

다들 자기 생각에 빠져 자신을 보지 못하고 지나간다고 생각한다.

그게 그네의 힘인 줄도 모른 채, 밀회를 나눈 연인이 없지 않았다.

어떤 아기의 탄생의 근원이 거기 있었고, 살인의 원인도 거기 있었다.

아무런 방해도 받지 않는 까닭에 오랜 생각에 빠진 사람도 없지 않았다.

그러려고 앉은 건 아니지만 너무 오래 생각한 끝에 자

살을 결심한 사람도.

　몰래 연애하던 중3 학원커플이 숨을 장소를 찾다 이 그네를 알게 되었다.

　앉으면 나무 그늘과 건물 그림자, 가로등 역광이 몸을 겹쳐 가려 주었다.

　그곳이라면 아이를 낳을 수도, 시간을 멈추게 할 수도 있다는 걸 알았다.

　사랑은 어떡해서든 이런 공간을 모든 이에게 선물하고 있다는 사실도.

　동시에 옥상에서 담배를 피우다 이 사실을 우연히 목격한 청년이 있었다.

　취준생인 그는 오지 않는 소식에 발이 묶여 건물 밖으로 나가지 못했다.

　중3 커플이 눈앞에 나타났다 사라지고 사라졌다 나타

나는데도,

　앞을 모르는 그는 어제와 같은 방향으로 사라지는 자기 연기만 주시했다.

　취준생의 일상은 비일비재한 현상이기에 전혀 이상하게 여기지 않았다.

　담배나 피우러 왔을 뿐, 그 역시 무관한 일로 놀라고 싶지 않았다.

　사람들은 놀라야 할 일도 사람들이 놀라지 않으면 더는 놀라지 않는다.

　이때 자신은 결코 의도하지 않았지만, 뒷짐 진 건물주 노인이 등장한다.

　담배 냄새를 너무 싫어하는 건물주 노인은 담배 냄새를 제일 잘 맡는다.

　그의 후각은 정보기관이나 법률조항보다 꼼꼼하게 이

웃을 감시한다.

청년은 그의 간섭을 경계해야 하기 때문에 발자국 소리를 제일 잘 듣는다.

검문검색은 없어졌지만, 이젠 모든 사람들이 검문검색에 능숙해져 버렸다.

그러나 자신이 담배 냄새를 얼마나 잘 맡는지 보여 주려고 틈만 나면 코를

벌름거리는 노인의 행동은 우습고 고소한 상벌 같은 면이 없지 않다.

그런 노인의 시선을 피해 꽁초를 버리는 일은 청년이 포기 못 한 일탈이다.

그러다 세상에서 제일 행복한 얼굴로 웃는 중3 커플을 발견한 거다.

청년은 자신이 발견한 친구의 결점을 그에게 말할까 말

까 망설이곤 했다.

다들 진짜 단점을 지적하기보다 거짓으로라도 장점을 말해 주길 원하니까.

귀엽단 생각과, 부럽단 생각과, 바로잡아 줘야겠단 생각이 동시에 들었다.

청년은 아직 모르지만, 이 순간이 그의 삶에서 매우 결정적인 순간이다.

지금은 전혀 그렇게 보이지 않지만 이삼 년 뒤에는 뚜렷이 보일 터였다.

지금 그가 어떻게 행동하느냐에 따라 그의 삶의 행불행이 갈라졌다는 걸.

다 끝난 과거의 일이, 어째서 오지 않은 미래에 보이는 걸까 싶겠지만.

냉혹한 생은 먼 미래에 가서야 자신이 무슨 짓을 저지른 건지 알려준다.

청년은 다만 신기하고 궁금하고 재밌어서 그네로 다가가 볼 거다.

중3 커플은 자신들 행각이 그의 눈에 다 보인다는 사실에 당황할 거다.

청년은 그들의 당황하는 기색을 보며 그들의 약점을 잡은 사실을 알고,

커플은 소리 지르면 자신들의 연애 일체가 발각될 거라는 사실을 알았다.

놀려도 조롱해도 훈계해도 되는 권력이 자기 손에 쥐어진 걸 알아챘고

놀려도 조롱해도 훈계해도 비위를 맞춰야 한다는 사실을 알아챘다.

이때 언제 등장할지 모르는 건물주 노인은 또 하나의 변수가 될 것이다.

자신의 외출이 어떤 결과를 낳을지 모르면서 집을 나서고 있기 때문이다.

청년은 마치 자신의 선택에 달린 것처럼 요놈들을 어떻게 할까 고민했다.

취업 중압감에 의해 누적된 스트레스가 결정하게 될 일인 줄 모른 채.

청년은 느긋하게 담배를 하나 꺼내 입에 문다. 본래는 한 개비만 피우지만,

더구나 공원은 금연구역이지만, 쥐어진 권력을 확인해보고 싶은 것이다.

여자애는 경악하는 얼굴이다. 자기 표정이 어떤 영향을 끼칠지 모른 채.

그 핸드폰이 어떤 흉기로 변할지 모른 채 남학생은 핸드폰을 꽉 쥐었다.

　누군가의 부모는 이게 다 악마의 장난질 아닐까 하는 의혹이 들겠지만,

　여자애와 여자애 부모는, 그나마 천사가 지켜준 일로 여길지 모른다.

　이제 누군가는 울고, 누군가는 죽고, 누군가는 새로 시작해야 할 것이다.

　권력을 손에 쥐면 쥐어진 만큼 함부로 사용하는 모습을 보며 자랐으니까.

　그러는 사이 빌라 5층의 건물주 노인은 빌라 2층까지 내려오고 있었다.

　이제는 그가 계단에 떨어진 꽁초를 발견하는가 못 하는가에만 달려 있다.

물고기가 들어 있는 겨울 방학

1

만취한 아버지는

붕어빵을 팔지 않는 골목을 지나는 바람에

금붕어가 든 투명 비닐봉지를

들고 오셨다.

"아니, 말도 않고 데려오면 어떡해요?"

엄마가 나무랐지만,

"애들은 아무것도 필요없대, 지들이 다 알아서 산대!"

아버지가 우겼다.

어항도 없고, 산소 공급기도 없는

반지하 집에 금붕어가 둥둥 떠다니기 시작한 건 그다음

날부터다

"금붕어 그림자를 밟지 말거라!" 엄마는

내 발등을 때리며

외쳤다.

2

“저기 있다”

세 마리의 금붕어는

두 마리가 똑같이 생겨서 두 마리 같기도 하고

안방을 헤엄치던 녀석들이 어느새

건넌방으로 건너와

여섯 마리 같기도 했다

“온다!”

아침마다

눈높이로 떠다녔는데,

그때부터 우리는 물 속을 걷는 것처럼 조심조심 걸었다.

금붕어 지느러미를 따라 일렁이는

물결의 밀도가

느껴졌다.

3

"신기해!"

금붕어 그림자는

바닥의 모든 굴곡을 하나하나 손뼘으로 재듯이

기어다녔는데, 물고기보다 더

아름다운 질량을 갖고

있었다.

"만지지 마!"

손바닥을 갖다 대면
거의 느껴지지 않는 무게로 손바닥 굴곡을
하나하나 쓰다듬듯 지나가는
금붕어 그림자

제 그림자가 바닥 굴곡을 따라
변하는 모양이 재미있어 제자리에 가만히 있지 않고
금붕어는 자꾸만 몸을 흔들어 유영한다는 걸
알 수 있었다.

"비켜!"

동생과 나는

한쪽 벽에 몸을 붙이고

다만 금붕어가 이동하는 방향을 따라

금붕어 그림자가 이동하는 걸

그려 놓느라

크레파스 한 통을 다

썼다.

4

“와!”

스케치북이

금붕어 그림들로 가득해지자

나는 방학 숙제로 제출했고 아이들이 몰려들었다.

"정말로 살아 있는 것 같다!"

선생님도 칭찬했다.

"겨울 방학을 아주 잘 보냈구나!"

선생님은

꽝꽝 언 얼음 액자에 담아

교실 복도 벽면에

걸어 두셨다.

노래

노래가 내게로

왔다. 새가 공중을 날아서 오듯.

모르는 가수였다.

내가 아는 사람은 이 세상에는 하나도 없다.

33년을 살았지만

아내는 내가 자신을 전혀 이해 못 한다는

표정이니까.

그 노래는 내 입에서 아무 때나

흘러나왔다.

누가 부르는 걸까.

검색을 해보니, 그 가수는 몇 년 전에

죽었다.

노래 속에 숨결이 다 살아

있던데

노래를 부를 때 나는 그녀 음색을

흉내 낸다.

그러면 이 가수를 잘 아는 사람과 연애하고

싶은 마음이 든다.

노래는

이런 식으로 번식하는 것 같다.

한 여자가 내가 모르는 노래를 흥얼거리며

지나간다.

나는 늘 뒤죽박죽이다. 시도 읽고, 동화도 읽고, 다큐도 보고, 영화도 보고, 소설도 드라마도 좋다. 시든, 소설이든, 동시든, 드라마든, 단 하나의 장르 글만 쓰는 사람을 보면, 매우 대단하다는 생각과 동시에 무척 이상하게 느껴진다.

내게 장르적 글쓰기는 확연히 구분되는 경계이기보다 그때그때 선호하게 되는 기호에 불과하다. 특히 시는 내가 글을 써보겠다고 결심한 스무 살 이후, 가장 즐겨 읽는 장르다. 실제로 나는 시로 먼저 등단했다.

요즘도 자고 일어나면 우선 시부터 여남은 편 읽는 것으로 하루 일과를 시작한다. 이런 습관 때문인지 종종 시를 쓴다. 내게 시란 매우 짧은 글 이상도 이하도 아니다. 시라는 장르가 선호하는 은유나 상징, 비약과 여운 또한 매우 짧은 분량 안에 하고 싶은 말을 모두 넣기 위한 장치다.

모든 좋은 시는 아무리 짧아도, 그 자체로 고유해서, 그 무엇을 보탤 수도 뺄 수도 없다. 그 자체로 빛난다. 강한 집중과 여운이 들어 있다. 그러한 시 한 편 한 편을 만날 때 느끼는 행복은, 아주 잘 연주된 음반의 한 곡 한 곡을 듣는 것만큼이나 애틋하고 산뜻하고 갸륵하다.

좋은 시를 만나게 되면 느끼게 되는, 그 시의 분량보다 훨씬 더 긴 여운을 나는 좋아한다. 좋은 시는, 그 시를 읽은 시간보다 몇 곱절 많은 여백을 품고 있다. 시를 읽는 데는 일이 분 걸리지만, 몇 시간을 연상하고 상상하며 음미할 수 있다.

사용한 언어보다 더 많은 생각을 품은 장르라니, 얼마나 매혹적인가! 어떻게 시를 탐하지 않을 수 있을까.

탐하다 보면 나도 모르게 써 보고 싶은 충동이 든다. 마치 아무리 음치일지라도, 좋은 음악을 들으면, 그 음악의 어떤 부분의 멜로디라도 직접 흥얼거리게 되듯, 시를 쓸 생각이 없던 사람도, 시를 읽다 보면, 시적으로 말하고 싶어진다.

그중에는 발표해서 공유하고 싶은 시도 있지만, 요즘 세상은 나를 소설가로만 호명하고 시 청탁은 하지 않는 관례로 운영되고 있으니, 시 발표할 기회가 없던 차에 이렇게 몇 편을 발표하게 되어 기쁘다.

턱수염 도마뱀
외 4편

이명랑

이명랑 | 1973년 서울 출생. 1998년 장편소설 「꽃을 던지고 싶다」를 출간하며 작품활동 시작. 장편소설 「삼오식당 」 「나의 이복형제들」 「여기는 은하스위트」 「천사의 세레나데」 창작집 「입술」 「어느 휴양지에서」 등이 있다.

턱수염 도마뱀

등가죽의 색을 바꾼

파충류의

눈알이 박혀 있는 암벽,

정적이 패었다.

어떤, 움직이는 것들은

살기 위해 정적을 가장한다.

더러는, 돌이 되기도 한다.

소금

집은 철대문이 녹슬었다
구멍 난 녹 위로 사다리가 보인다
저 혼자 빨아져 있는 흰 운동화 한 켤레
해는 사다리에 앉아
벗어 놓은 운동화에 발을 집어넣고 있다

소금기가 하얗게 말라 가는 염전
버려진 고무대패 위로 일직선을 이룬 발자국
뒤로만 간다

바다는 게가 잡히지 않는 갯벌에서 끝나고
파도가 없는 마을에 배들이.

배 밑바닥에 고여, 반짝이는 바다는

하늘로 오르고

덩어리진, 날지 못하는 무엇, 배 밑바닥에 남는다

바다로 나가지 못하는 어선 위에

바다처럼 소금이 있고

뒤로만 가는 발자국이 뒤로 걸어와

사다리를 밟고 올라간다

버려진 흰 운동화를 신고 빈집 넘어 간다

과

쥐들의 잇몸이 부어 있다

사람의 발길이 끊이지 않는 곳

포도알 하나

어쩌다 터지지 않았을까?

상심한 쥐는 大路로 나온다

털의 빛깔은 회색

검거나 하얀, 그런, 색은

그의 몸, 어느 곳에도 없다

한때 튼튼한 이빨을 가졌던 종족

그 무리를 이탈한 쥐 한 마리

大路에 떨어진 포도알을 본다

포도나무, 푸른 잎, 촉촉한 기억,

아직은 유효하다고?

흙먼지를 뒤집어쓴 포도알을 물어뜯는다

회색 쥐의 부어오른 잇몸 위로

푹 꺼져 버린 희망이 흘러내린다

플라스틱으로 만든 방에 발을 들여놓다

너는 시간을 위해 울었다

네게는 소용도 없는 시간을 위해

물감으로 그려진 포도 넝쿨과

플라스틱으로 지은 집의 주인

가구가 없는 집, 속이 텅 빈

그곳, 시간의 주인

그러나 너는

시간을 부려 본 적이 없다

아마도

시간을 부릴 일이란

앞으로도 계속 없을 테지만

너는

앞으로도 계속

속이 텅 빈

그곳, 시간의 주인

뻐꾹뻐꾹

뻐꾸기 시계의 시간은,

뻐꾸기에게는 소용도 없는 시간은,

뻐꾸기 소리를 내며 지나간다

드라이플라워
─ 어머니

돌돌 말려 있는 휴지를 푼다.

말려 있는 휴지가 풀리며

바닥에

그 가늘고 흰 발이 내려오는 소리가 들린다.

찢어지기 쉬운 소리다.

한 뼘 한 뼘 풀려 나갈 때마다

줄어드는 몸,

안타까워하지도 않는다.

한 뼘 한 뼘 잘려 나갈 때마다

떨어져 나가는 살점,

돌아보지도 않는다.

마루에 어린 짐승 한 마리

밤공기를 힘겨워하고 있다.

바닥에 가늘고 흰 발이 내려오는 소리,

한 마리 추운 짐승의 이불로 덮이는 소리,

겨울밤을 돌돌 말고 있다.

시 청탁을 받았다. 따끔, 손끝이 아려왔다. 거울에 비친 내 뺨은 약간 상기되어 있었다. 얼굴이 달아오를 일 같은 건 좀체 찾아볼 수 없는 나의 일상에 낯선 붉어짐이라니! 나도 모르게 벌어진 입을 손바닥으로 가만히 틀어막았다. 그럼에도 불구하고 꾸역꾸역…… 울음 비슷한 덩어리들이 입을 틀어막은 손가락들 사이로 흘러나왔다. 손바닥을 흥건히 적신 덩어리들…… 까마득하게 잊고 있던 詩들이 어쩌자고, 난데없이, 사방에서, 출렁이기 시작했다.

내가 詩를 처음 만난 건 열네 살의 여름, 그 뜨겁고, 지루하고, 가망 없던, 시장바닥의 허름한 돌침대 위에서였다. 시집 같은 것이 왜 거기 나뒹굴고 있었는지, 누가 읽던 시집이었는지, 지금도 나는 알지 못한다. 더위를 피해 달아날 곳조차 없던 나는 열네 살의 여름밤을 견뎌 내기 위해 시장바닥의 텅 빈 가게들을 들쑤시고 다녔다. 과일 시장이라 새벽이 오기 전까지는 인적이 끊겼고, 나는 과일 가게 아무 데고 들어가 돌로 쌓아 만든 돌침대에 누워 달아오른 등을 식히곤 했다. 그뿐이면 좋았으련만, 왜 그날, 하필이면 그곳에 시집 같은 것이 놓여 있었을까?

나는 사로잡히고 말았다. 그 낡은 시집의 첫 장을 열어 버린 뒤로 내 눈은 詩에 붙박여 버렸다. 다른 곳으로는 도무지 눈을 돌릴 수가 없었다. 나의 10대와 20대는 온통 詩였다. 詩는 내 삶이었고 목표였다. 대학에 다니는 4년 내내 아침마다 스톱워치를 켜 놓고 1시간에 한 편씩 매일 아침 詩를 쓰는 짓거리까지 나는 서슴지 않았다. 버튼을 누르면 詩가 나오는 자판기가 되고 싶다고까지 생각했다.

그러나 나는 소설가가 되었다. 시집을 내기도 전에 먼저 첫 소설이 세상에 나왔고, 사람들은 내게 소설가라는 귀한 이름을 붙여 주었다. 한 해 한 해 소설가로 살아오며 詩는 슬그머니 자취를 감춰 버렸다.

시 청탁을 받았다. 따끔, 손끝이 아려왔다. 감쪽같이 사라져 버린 줄로만 알았던 詩들이 '나 여기 살아 있어요, 살아 있어요!' 아우성치며 내게 달려오기 시작했다. 다시 詩를 쓰며 이렇게 긴 시간이 흐르고 나서야…… 감히 '첫사랑'이 아직도 끝나지 않았음을.

노랑 레몬
외 4편

전경린

전경린 | 1995년 〈동아일보〉 중편소설 부문 등단. 한국일보 문학상(1996), 문학동네 소설상(1997), 21세기문학상(1998), 대한민국 소설문학상 대상(2004), 이상문학상(2007), 현대문학상(2010), 현진건문학상(2016) 수상. 『염소를 모는 여자』『바닷가 마지막 집』『물의 정거장』『내 생애 꼭 하루뿐일 특별한 날』『검은 설탕이 녹는 동안』『황진이』『풀밭 위의 식사』『최소한의 사랑』『사교성 없는 소립자들』『자기만의 집』『얼룩진 여름』 등 출간.

노랑 레몬

육체여 잘 가.
매듭처럼 풀어지던 쾌락의 천 갈래 기관도 잘 가.
눈물과 웃음은 인과를 갖지만
난 우연히 울거나 웃어.

신은 머나먼 리마의 색석에 앉아 증거를 수십하며
우리의 알리바이가 드러나기를 기다리지.
그의 속성은 기다리다 우리가 잊어버리는 기다림.
너를 파묻고 칼 한 자루를 버리기 위해
사막과 국경의 거리와 넝쿨이 뒤덮인 숲과
지하의 미로를 헤맸다.

육체여 잘 가.
매듭처럼 풀어지던 쾌락의 천 갈래 기관도 잘 가.
내팽개친 약속과 약속 사이를 걸어갈 때면,
너의 벗은 어깨와 가슴과 팽팽한 배가

생생하게 떠오른다.

인내심만 남은 관 속에서 너무 느리게
산화하는 칼, 혀가 낙엽처럼 마르는 사이
기습적으로 고이는 달콤한 추억.
아무리 기다려도 전환은 눈물이
다 마른 뒤에야 오는 법.
신은 인내하시고 난 침묵의 칼을 삼키는 데
60년 같은 6년이 걸렸다.

세월은 얼마나 잘도 흐르는지,
모래 폭풍에 시달려 얼굴 윤곽마저 흩어졌지만,
나는 끝내
너를 암매장한 주소를 자백하지 않았다.
다만 아직도 이곳에서 시간의 바깥을 돌며,
네 웃음과 얄밉도록 고운 입술과

번쩍이던 젖은 눈동자와 명랑한 혀를 생각한다.

아무 이유도 없는 것들,

이제는 너 자신에게도 상실된,

애초부터 너라는 통로를 지나간 바람이었던

노랑 레몬.

사물이 우는 방식

의자에 등을 대고

고개를 젖힐 때면,

한 계절 전에 내린 비가

방울방울 떨어진다.

찢어진 우산처럼 천장이 운다.

수리 기사는 기능에 문제가

없다는데 낡은 냉장고는

제 수명을 헤아리며

밤마다 흥건히 눈물을 쏟는다.

너는 우는 냉장고를 차마

내버리지 못해 아침마다

발바닥을 적시며 시린 물을 마신다.

자다가 등이 추워 잠에서 깬다.

벽을 향해 모로 누우면 등 뒤에서

외로운 침대가 홀로 꿈속을 표류한다.

꿈의 강물은 쉽게 범람하고

침실 벽에 누렇게 얼룩이 진다.

하얗게 삶고 햇살에 말려

개어 넣은 서랍 속 속옷들이

꿉꿉한 상념을 소환하며 포개진다.

쉽게 곰팡이 피는 내일의 세탁 거리가

뒤 베란다 바구니 속에서 치정처럼 얽힌다.

잠 속에서 너는 눈꺼풀에 잔뜩 힘을 주어

오래된 치정들을 끊어 낸다. 어둑새벽에

서랍이 어깨를 들썩이며 흐느낀다.

보통의 외로움

역 앞 벤치에 누가 새기고 간 말, 외롭다.

그는 여기에 외로움 한 겹을 남기고

좀 가벼워져 떠났을까.

사는 의미를 묻는 건 누구에게나 외로운 일이지.

그는 십중팔구 젊은이일 듯.

외로움조차 5월의 오이처럼 물기 많은

스물하나에서 스물여섯 언저리.

그는 해가 지기 전에 제 외로움을

구하기 위해 뭐라도 했을까.

그러나 젊은이는 돌아서면

다시 외롭고 상시로 외롭지.

외로움이라는 말은 셰익스피어가 처음 사용했다지.

나이 들면 어떤 외로움은 사나워져

울분과 집착으로 바뀌지. 견디다가도

자주 언성을 높이고, 자주 폭음을 하고,

자주 물건을 내던지고, 자주 주먹으로 벽을 치지.

그러다 외로운 삶에 멱살이 잡혀 제 성질에 중독되고,

인습에 중독되고 돈에 중독되지. 술에 중독되고,

게임에 중독되지. 주식에 중독되고, 아파트에 중독되고

탄수화물에 중독되고, 하다못해 일과 자녀교육에

중독되어 눈썹 털을 곤두세우며

화와 피로의 세월을 건너지.

그리고 희망인지 절망인지,

외로움을 무색하게 하는

안 외로움이 온다지.

기쁨도 슬픔도 버겁고 성가신 늘그막,

그땐 빈 서랍처럼 홀로된다지.

아무도 기쁘게 해주지 않고,

누구도 기쁘게 해줄 수 없는 헐거운 노인이 되어
어디로도 가지 못하는 제 안의 세상에서
홀로가 제 차지인 걸 알게 되지.

다행인지 불행인지,
세상에 빈 곳이 없는 것처럼
외로움도 자신 하나로 딱 맞게 채워진다는
풍문이 돌아. 외로움도 친해지면 어느새
목을 적시는 물처럼 그윽하게 달기도 하다지.
그때는 독백하며 웃기도 한다지.
사는 게 사는 의미라며.

이중 책장

이삿짐을 쌀 때마다 책을 걸러 낸다.

사는 동안 많은 책을 버리고 여기까지 왔다.

버리는 책은 생각과 달리 오히려 새 책들이다.

오래된 책이 애착 책이 되는 건 어쩌면 당연한 일.

요전에 이사할 때는 다섯 개의 책장을

세 개로 줄이면서, 이중으로 책을 꽂게 되었다.

나는 원래 책 세계의 질서가 엄격해지는 것을 꺼린다.

책이 제 칸에 갇히는 것을 염려하고 방목한다. 책들이

책장을 돌아다니며 뜻밖의 자리에서 다른 책을 만나

한동안 교류하고 다른 자리로 옮겨 가는 건

내 책들의 은밀한 사생활이다.

오늘은 산도르 마라이와 조르주 페렉과

마르케스의 책이 만났다. 파블로 네루다와

허수경과 자크 프레베르가 만났다.

언제 어쩌다 만났는지는 알 수 없다.

오래된 책들은 헐거워져서 더 쉽게 빗장이 열리고

제목들은 안면을 익힌 이웃집의 목차를 기웃거린다.

문장들이 이웃 책의 페이지로 흘러들고, 더러는

자리를 바꾸고, 더러는 뒤섞이고, 더러는 녹아든다.

좀 누렇게 바랜 책등일수록 사생활이 활발하다.

어떤 책은 제목마저 자리를 비운 듯 보이지 않는다.

글자가 증발한 페이지들,

전에 본 적 없는 오·탈자가 발각된다.

예전에 밑줄 그은 문장이 안면을 바꾸고,

전에 없었던 모종의 의미가 돌연하게 부상한다.

이중 책장엔 비밀스러운 법칙이 있다.

찾지 않을 때면 모든 책이 거기 있지만

찾는 것은 사라진다.

사흘씩 나흘씩 찾아도 나오지 않다가,

찾지 않던 어느 날 늘 눈으로 훑고 다녔던 칸에서

태연한 얼굴로 껌을 씹듯, 제 문장들을 곱씹고 있다.

미셸 뷔토르와 아고타 크리스토프,

가와카미 히로미의 책들은 잘 숨는다.

한번 숨으면 찾기 어려운 내성적인 책들이어서

가능한 같이 묶어둔다. 가스통 바슐라르와

존 버거와 롤랑 바르트와 수전 손택의 책들도

짐작할 만한 이유로 같이 묶는다. 같이 묶기,

그것이 내 책장을 유지하는 최소한의 질서다.

버지니아 울프와 시몬 드 보부아르와

마르그리트 뒤라스와 아니 에르노는

같은 유전자를 가진 혈육 같다. 내가 의지하는

이 언니들은 가장 부지런한 여행자들이어서,

내 책장의 모든 칸을 돌아다니지만

나는 항상 그 책들이 있는 장소를 안다.

프랑수아즈 사강과 요시모토 바나나의 책은

입안에서 녹는 달콤한 추억 같다.

이젠 행방을 모르지만, 책장 어딘가에 있을

그 책들을 난 여전히 사랑한다. 과묵하게

자리를 지키는 책들은 헤밍웨이와 생텍쥐페리,

카뮈와 파트리크 모디아노와 레이먼드 카버와

카프카의 책들이다. 하인리히 뵐과 프랑수아 모리악,

가와바타 야스나리와 호르헤 루이스 보르헤스의 책도

그렇다. 이 책들은 애초에 지정 칸을 정해 두었다.

이들이 보이지 않으면 이내

정서불안이 오기 때문이다.

다른 책들은 지정석도 없고 정해진 궤적도 없이

맴돈다. 읽고 난 뒤 제자리에 꽂으려고 찾아가면

이미 틈이 메워지고 없다.

다음 책을 꺼내기에 바쁜 나는 어느 빈칸에 밀어

넣거나, 바닥에 쌓인 책들 위에 올린다. 그 위로

다음 읽은 책들과 아직 읽지 않은 새 책들이 쌓이고,

그러다가 빈칸에 생기는 대로 책을 올려 꽂으니

책들은 흘러 다닌다.

내 책들은 책장 안의 궤적을 순환한다.

이중 책장 속에서 때론 있는 줄도 몰랐던 책이

갑자기 나타나기도 한다.

오늘은『우울한 열정』이 나왔다.

책에 밑줄을 긋거나 다급하게 귀퉁이를 접은 사람은

나이지만, 처음 보는 책처럼 낯설다.

'……우울한 사람은 자기가 인간성에 있어 부족하다는

것을 이미 알고 있다.'

비인간성의 원인과 증상을 아는 것은 불치의 병일 때도

위로가 된다. 아는 것이 위로다.

이 책을 쓴 수전 손택은 어디선가 이런 말도 했다.

'작가의 소명은 심오한 의미에서 반사회적이다.'

어떤 책은 책장 안에서 길을 잃어

실종되고, 때론 영영 행방불명이 된다.

찾던 책을 끝내 못 찾고 도서관을 가거나,

책을 주문할 땐 한숨이 나오지만,

당장 나오지 않아도 어디엔가 있다는 것을 믿는다.

누군가 빼가 버린 책들도 내 머릿속에 사는 것처럼,

이중 책장 뒤편에 책의 유령들이 어른댄다. 더러는

너무 오래되어 나무로 돌아가는 중인 책도 있다.

꺼칠한 질감, 갈색으로 바래고 습기와 먼지를 먹어

두꺼워진 종이들, 희미해진 글자들, 흡사 바짝 마른

나뭇잎처럼 손끝에서 부서질 것만 같다.

책 뒤편의 책들, 이중 책장은

책들의 신비로운 무덤이기도 하다.

내 책들은 너무 많은 것 같기도 하다가

너무 적은 것 같기도 하다.

이중 책장은 책들의 미로,

책들이 제 생애를 살고 있을 뿐,

내가 소유한 책은 한 권도 없는 것 같을 때도 있다.

그래도 분명한 건 이건 내 책장이고,

책장은 바로 여기에 있다. 팔을 뻗으면

내 손이 닿는 곳에.

공휴일

그런 나이가 되었어요.

그는 이제 혼자의 공휴일인 것처럼

세상사에서 빠져나왔어요.

출근하는 사람들과 달리는 차량을 뒤로하고,

가을 아침에 찬란하게 물든 공원 숲을

산책할 때면 숨 쉬는 공기도 달콤해요.

공원 잔디밭에서 커다란 개와 노는 남자를 보며

사랑스럽고 충직한 개를 키우는 상상을 해보지만

실제로 하진 않아요.

뒤치다꺼리도 성가시지만, 자신의 지루함에

균열이 질까 염려해요. 그는 매일 같은 벤치에

앉는데, 3여 년 동안 같은 시간에 뛰는 여자를

보다가 그만 감동하고 말아요.

여자는 속도도 없이, 제자리 뛰듯 달려요.

그도 어느 날 여자와 같은 자세로 뛸지 몰라요.

그를 움직이게 하는 유일한 동력,

그건 감동이지요.

그는 고독과 약간의 지루함을 방석처럼 깔고 앉아

생각 속에서 날아다녀요.

오직 생각만 생각처럼 빠르고,

상상만 생각만큼 빠르게 실현돼요.

오랫동안 그의 상태는 멍하거나

뭔가에 몰입해 있거나, 둘뿐이었어요.

몰입하지 않을 땐 머릿속은 이내

흐트러지고 산만하지요.

흐릿한 기억의 파편이 먼지처럼 부옇게

떠다니거나 알 수 없는 감정의 부스러기들이

심해의 마린 스노처럼 부유하지요.

기억과 감정의 잔여물이 몸에 들러붙지 않게

요령껏 피해 살아야 해요.

전화는 가려 받고, 세수나 샤워할 때는 수압 조절을

잘하고요. 물소리의 데시벨엔 위험한 음계들이

숨어 있어서 한순간에도

기억의 벼랑 아래로 떠밀리거든요.

하지만 언젠가부터는 그조차 아득해요.

마치 누군가 다른 사람의 기억과 상처 같아요.

그는 점점 평온해지고 있어요.

그가 즐기는 건,

간단하고 명료한 욕구의 해결이에요.

예컨대 익숙해진 단독가구의 살림살이.

아침엔 당근 라페를 올린 샌드위치와 진한 커피,

점심엔 나물과 생선과 잡곡밥을 먹어요. 저녁엔

삶은 달걀과 샐러드, 간식은 말린 생선포나

견과류와 치즈, 평범한 제철 과일이지요.

방바닥과 유리창을 닦고, 화분마다 정량의

물을 주어요.

장을 보고 냉장고와 저장 선반을 정리하고

신선한 채소를 나누어 보관해요. 고무줄이 늘어진

낡은 속옷과 목이 헐렁해진 양말을 삶아 빨고,

바랜 모자와 티셔츠를 표백해요.

매주 일요일엔 지인 두셋과 통화를 하고,

두어 달에 한 번은 가족이나 친구와 외식을 하고

몇몇과는 카톡도 하지요.

계절마다 옷들을 골라내 수거함에 넣고, 신년에

창고 방과 책장을 정리하고 별 새로울 것도 없는

새해 구매 목록을 만들어요.

바람이 약해진 선풍기를 바꾼다거나

운동화와 바지를 새로 장만한다거나

맛있는 소금이나 식초를 구한다거나. 그러면서

속으로 수명을 다해 가는 김치냉장고를 염려하지요.

책은 서너 권을 반복해 읽어요.

안구건조증이 심해 의사는 밤에 텔레비전은 물론이고

책도 보지 말라지만 넋 놓고 쉬기엔 텔레비전 시청이

최고예요. 자신이라는 가게 셔터를 내리는 휴식이자

세상을 내다보는 창구,

타인들의 감추어진 속내를 편집본으로 듣기도 하지요.

도무지 잠이 오지 않는 밤에 그는 UFC 종합격투기를

봐요. 전설적인 챔피언들의 경기는 녹화를 해두고

몇 번이고 보고 또 봐도 감동적이지요.

그들은 자신의 신들과 함께 링에 올라요.

그는 아데산야와 페레이라의 네 번째 대결을

특히 사랑해요.

페레이라에게 3연패 해온 아데산야가 2라운드에서

KO를 시켰지요.

인생 전부를 걸었던 리벤지 경기였어요.

아데산야는 복수는 달콤하다, 원하는 걸 이루고 싶다면

계속해서 추구해야 한다고 소회를 밝혔어요.

그의 말은 한동안 회자되었어요.

하지만 복수는 신의 몫이란 걸 그는 알아요.

사는 동안 숱하게 졌지만,

복수는 신에게 맡기고 그는

데운 찜질팩을 안고 잠자러 가요.

팩을 끌어안고 뒹굴다 깊은 잠에 빠져들지요.

잠은 달콤하고 날카로운 가위처럼 현실을 단절해요.

잠이 들면 그는 꿈의 영화관에 가 있어요,

꿈의 영화관은 현실의 바로 몇 계단 아래에 있지만

잠이 들지 않고는 갈 수 없는 먼 나라지요.

그곳은 언제나 상영 중이에요.

동시상영 정도가 아니라

시작도 끝도 없이 연속 상영 중이지요.

태어난 뒤로 평생, 매일매일

그는 꿈의 관객이었어요.

생의 진정한 반쪽 세상, 피난처이자 의지처,

고향이자 플레이그라운드, 바이킹과 롤러코스터가

언제나 흥행 중인 심야의 놀이공원,

시간과 공간, 중력과 인과를 벗어난 원더랜드.

그는 현실과 꿈 사이에서

고독과 약간의 지루함을 방석처럼 깔고 앉아

인생의 두툼한 책을 읽어요.

구멍이 숭숭 나고 모서리가 떨어져 나간 책이지만

그는 신뢰해요. 책의 마지막 페이지는

생로병사의 가려진 장막을 지나 피안까지

그를 데려갈 거예요.

시 청탁을 받았을 즈음엔 당면한 소설이 써지지 않아 교착상태였다. 시라니, 엉뚱한 청탁이어서 재미있었다. 걱정되는 한편 생각을 흔들 계기가 될 것 같아 얼른 거절을 못 하고 고민했다. 소설가로 등단했을 때 시로 습작했느냐는 질문을 몇 번이나 받았다. 나는 처음부터 소설로 습작했다. 시를 쓴 적은 없었다. 하지만 소설가로 사는 동안 자주 시인을 부러워하긴 했다.

시는 짧으니까. 시인을 떠올리면 거리에서나 마당에서나, 자기 방안에서나 어디서든 어슬렁거리는 모습이다. 그에 비해 소설가는 세상 끝까지 간다고 해도 결국은 책상 앞에 붙어 앉아 버티는 모습이다. 시는 전철을 타고 가다가도 한 편 완성할 수 있을 것 같다. 소설은 노동이지만 시는 노래니까.

나는 시의 알레고리가 특히 좋다. 추상적인 관념을 구체적인 사물로 표현한 시를 볼 때 놀라움과 쾌감을 느낀다. 또 시의 현재성이 좋다. 시는 암송할 수 있고, 바로 거기서 한 편 전부를 펼칠 수 있으니까.

시가 시작되고 끝나는 그 하나의 마디가 현재이다. 현재에 존재하고, 현재를 사유하고 현재를 갖는 실감이 있다. 그에 비하면 소설은 구상이 끝나면 과거의 것이 되고, 쓰는 사이에 점점 더 먼 과거의 것이 되어 버린다. 소설 안에서 시간이 흐르거니와 그 바깥에서도 쓰는 동안 지난한 시간이 경과하기 때문이다.

내 책장에 시집 칸은 단출하다. 나는 한때 릴케와 보들레르와 프레베르와 바하만과 보르헤스의 시를 사랑했다. 그 시들을 읽던 추억을 뒷배 삼아 시를 썼다. 전철을 타고 가다가, 공원을 어슬렁거리면서 시 한 편을 쓰려 했다니 언감생심이다. 나는 소설가라 그런지 결국 책상에 붙어 앉아 시를 썼다.

시는 단번에 쓸 수도 있지만, 동시에 여러 겹의 현재가 중첩된 의식 세계이기도 하다. 시가 완성되기까지 몇 번이고 깎고 자르고 끼워 맞추며 다른 현재를 드나든다. 나는 가능한 처음에 나온

그대로 단순하게 펼쳤다. 시에서는 왜인지 마른나무 냄새가 났

다. 마치 목공 일을 하는 기분이 들었다.

뱃사람
외 4편

한창훈

한창훈 | 1963년 전남 여수 거문도 출생. 한겨레문학상, 요산문학상, 허균문학작가상 등을 수상. 소설집 『가던 새 본다』 『세상의 끝으로 간 사람』 『청춘가를 불러요』 『나는 여기가 좋다』 『그 남자의 연애사』 『행복이라는 말이 없는 나라』 장편소설 『홍합』 『섬, 나는 세상 끝을 산다』 『열여섯의 섬』 『꽃의 나라』 『순정』 『네가 이 별을 떠날 때』 산문집 『내 밥상 위의 자산어보』 『내 술상 위의 자산어보』 『한창훈의 나는 왜 쓰는가』 『공부는 이쯤에서 마치는 거로 한다』 어린이책 『검은 섬의 전설』 『제주선비 구사일생 표류기』 등을 출간했다.

뱃사람[*]

그물 올리는데 배고픕니다 소주 마십니다

힘에 부칩니다 소주 마십니다

창고 정리 시작하자 잠 쏟아집니다 마십니다

다칩니다 소주로 씻어 내고 소주 마십니다

선장이 지랄합니다 소주 마십니다 선장 저도 마십니다

동료와 시비 붙습니다 마시면서 화해합니다

그러다가 다시 싸우고 또 소주 마십니다

포근한 살결이 그립습니다 소주 마십니다

고기가 잘 잡힙니다 마십니다

고기가 안 잡힙니다 마십니다

항구로 돌아옵니다 소주 마십니다

---

[*] 본인 산문집 『내 술상 위의 자산어보』 의 「이별은 훈련이 안 돼—서쪽 항해기」에서 운을 빌려 옴.

바다에 비 내리면

새벽부터 바다에 비 내려

천지간이 물색인데

이렇게 되면 산에도 마을에도 갈 수가 없어

하릴없이 소주잔이나 마주하게 된다

비는 거듭 내려

숫제 바다가 일어선 듯 물 벽이 만들어지고

거울인 듯 회상인 듯

피 묽어진 내 모습이 그곳에 어른거리는데

얼마나 많이 미워했던가

얼마나 자주 다시 살아야 했던가

반성까지는 아니라도

생각해 보고 있자니

마치 내가

젖은 하늘 날아가는 저 철새 같기만 하여

자꾸 쳐다보게 된다

여수

물이 맑다 하여 그 이름이라 했는데

사람들은 그렇지 않았다

연등천 포장마차 손님들은 날마다 멱살을 잡았고

해안 가게 주인들은 밤마다

똥을 퍼서 바다에 버렸다

어른은 아이를 때렸고

아이는 더 어린 애들을 때렸다

나는 마구간 별칭이 있는 중학교를 다녔는데

오후 5시가 되면

교회에서 여자 가수의 노래가 들려왔다

내 영혼이 은총 입어, 라는 노래였다

그녀와 달리 우리는 은총을 입지 못하였기에

매시간 운동장을 기었고 여러 가지를 착복당했다

3년 저금을 되돌려 받던 겨울날, 친구는 울면서 서울행 밤 기차를 탔다

그리고 완벽한 집구석이 완성되었을 때 나도 그곳을 떠

났다

내가 이미 죽었다면 그때였다

계엄1

그 전에는 확, 전쟁이나 나면 좋겠다고 떠벌렸다

그러다 특전사가 몰려와 우리에게 총을 겨눴다

왜 그런지 아무도 몰랐다

그들이 MBC에 불을 질렀다

불타오르는 방송국을 보며 이젠 고립되었다는 것을 깨달았다

밤늦도록 가투는 이어졌다

눈 밑에 치약을 발랐기에 다들 흰 눈물을 흘리는 것만 같았다

젊은 놈들이 고작 최루 가스에 물러선다고 노인이 우리를 때렸다

다들 고개를 숙였고 그는 SY44 직격탄을 머리에 맞고 쓰러졌다

나는 블록 조각을 들고 튀어 나갔다

장갑차 위의 군인이 총으로 나를 겨냥했고

그때 포클레인이 달려와 장갑차를 들이받았다

두 전차가 쇠 갈리는 소리를 내면서 힘 싸움을 했다

결국 포클레인 운전자가 총을 맞고 쓰러졌다

계엄2

나는 도청이 사선으로 보이는 양영학원 앞에 서 있었다

편도 1차선 도로에는 자동차가 불타고 여기저기 시신
이 엎어져 있었다

부상자를 구하려고 두 사내가 태극기와 백기를 들고 중
앙선으로 천천히 걸어갔다

도착하는 순간 그들은 머리에 총을 맞고 쓰러졌다

그때 누군가 기대 왔다

몸이 뚱뚱하고 눈이 순한 아이였다

몸을 돌리다가 등에 맞은 것이다

병원으로 가는 동안 그의 다리는 힘이 풀려갔다

한동안 나와 어깨를 바짝 대고 있던 이였다는 것을 깨
닫고

비로소 겁이 났다

총알이 나를 특정하여 날아오는 것만 같았다

절대 전쟁은 일어나서는 안 된다는 생각이

따라오지 못할 정도로 나는 달렸다

물론 여자한테 차였던 스무 살에 여러 줄 끄적거리기는 했지만, 글패 활동 했던 대학교 3학년 때 의무로 2편 써본 게 전부인데 청탁을 받고 느닷없이 시라는 것을 쓴다. 그러자니 새삼 박남준 시인한테 미안해진다. 참 많이도 놀렸으니까.

"시 그거 대충 나무 이름 서너 개 쓰고 이파리가 떨었다고 하고 그 아래로 멀리 떠나간 사람이 있었다, 뭐 이러면 되는 거 아니여?"

그러면 형은 나름 거칠게 저항했다.

"너 같은 뻥쟁이 소설가가 시를 알어?"

물론 나는 또 대꾸했다.

"뻥이 낫지. 시는 숫제 끝까지 우기는 장르니께 말이여."

암튼 이번 청탁에 얼결에 써보니, 역시나 쉬운 것은 하나도 없구나 싶어서 이제 절대 안 놀려야겠다, 다짐도 하게 된다. 그동안 보아온 바로는, 시인은 세상 읽어 내는 렌즈로 자신을 사용하고 있어서 그들의 더듬이는 중간에 휘어서 스스로를 향해 뻗어 있고 소설가 더듬이는 바깥을 향해 나 있었다.

그런 이유로 소설에서 나 자신에 대해서는 도통 쓰지 않았는데 이 짓을 해보니(소설가가 쓰니까 짓이다) 역시나 내 이야기가 흘러나오는 것을 보고 그게 다 이유가 있었구나 싶어지기도 한다. 시인들에게 영광을!

글들을 썼습니다.
미안합니다.

x.
한창훈

그의 부음을 듣던 시간,
나는 아픈 어깨에 침을 맞고 있었다.
그냥, 순식간이 었다고 해요. 아무 전조 없이.
소식을 전해준 이는 공연히 미안해 했다.
움질, 어깨를 비튼 바람에 가벼운 침 하나가
빠져나와 침상에 떨어졌다. 조용히, 소리없이.
가벼운, 바람처럼 희미하던 그의 미소……
2025. 11. 11.   서 하 진.

다 같이
간절하게
느껴 사랑해 줏가요?
Kwon Jaee

겨울, 가장 조용한 시의 측을
김 해 요

먼 마을에 따스한 불빛

문형렬

앙쪽, 깊게 패인
당신의 손금 위로
가만히 스며드는,
2025. 겨울 맞으며, 이명랑

당신은 창밖을
어떻게 처분하세요?
모르겠으면 그 창밖을
창밖으로 던져배리세요
2025. 만주
김도언

언제나
나의 생각문장을
꿈꾸며……

잉걸북스 문학선 CROSS

모든 것이, 모든 순간순간이,
모든 닮이 詩입니다.

〈잉걸북스 문학선 크라스〉
— 윤 미 리

나는 시의 알레고리가 좋다.
추상적인 관념을 구체적인 사물로 표현한
시를 볼 때 놀라움과 쾌감을 느낀다.

전 경 린

"오, 나는 불을 봤고 비를 봤어."
잉걸북스 문학선 CROSS

김이듬

"도박하지 않아도 인생은 도박이다."

딩거 이승하

잉걸북스 CROSS
독자께 감사드립니다

큰 계인의 문을 열자
음악 소리가 들려왔다
소리의 빛, 빛의 소리
물결쳐 광흔이 허공을 가로질러
그의 심장에 와 박혔다
그것은 영원의 소리였다

나숙정대

잉걸북스
문학선
CROSS
0 0 2

이벤트 후원해주신 분들 박제영 권광영 양선희 김유경 이순원 이필 김연숙 허지영 고상호 심대현 곽대중 장은숙 송예진 장소순 정의숙 김성기 이상미 박지성 박지숙 박지윤 양민호 박종민 박성수 박은정 김혜숙 박기현 박경순 박명자 박수연 권성기 박종성 황소례 신광철 신영철

잉걸북스 문학선 CROSS 002

시인의 소설

1판 1쇄 인쇄 2025년 11월 19일
1판 1쇄 발행 2025년 11월 24일

지은이 강정 김이듬 박정대 이승하 전윤호
펴낸이 신승철
펴낸곳 잉걸북스

편집위원 김나정 김도언 김이은 원종국
교정교열 오재연
디자인 놀이터

출판등록 2024년 8월 29일 제25100-2024-000052호
주소 서울시 노원구 노원로 564, 1011-1311
전화 010-4964-6595
팩스 02-6455-3736

ⓒ 강정 김이듬 박정대 이승하 전윤호, 2025

ISBN 979-11-990192-5-6 04810
　　　979-11-990192-4-9 04810 (세트)

잉걸북스
문 학 선

✕

CROSS
0 0 2

시인의 소설

잉걸북스

| 차례 |

유나

강정

강정 | 1992년 《현대시세계》를 통해 등단했다. 시로여는세상작품상. 현대시
작품상. 김현문학패 등을 수상했다. 시집으로 『처형극장』 『들려주려니 말이
라 했지만.』 『키스』 『활』 『귀신』 『백치의 산수』 『그리고 나는 눈먼 자가 되었
다.』 『커다란 하양으로』 『웃어라, 용!』 『기적』이 있다.

유나라는 인물은 내게 각별한 존재다. 그녀의 소식을 듣지 못한 지 벌써 8년이 지났다. 각별하다고 얘기했지만, 그럼에도, 아니 그럴수록 나의 뇌리에 유나의 얼굴이나 전체적인 인상은 거의 남아 있지 않다. 그녀를 사랑한다고 말하긴 어려울 것이나, 흔한 남녀 간의 애정 따위로 유나와의 유대를 설명하긴 어렵다. 나는 유나가 내 안에도 살고, 내가 알지 못하는 어느 먼 곳에서 내가 기억하거나 상상하는 것과는 전혀 다른 모습으로도 살고 있다 믿는다. '그녀'라 지칭하긴 했지만, 유나는 어쩌면 남자도 여자도 아니고, 나아가 사람이 아닐지도 모른다. 그저 망념일까. 하지만 나는 유나를 어렸을 적부터 알고 있다. 오늘은 다만 내가 유나를 기억하거나 체감하는 방식에 대해 짧게 얘기하는 것으로 그치겠다. 쉽게 믿지 못할 이야기일 수도 있다. 그러나 개의치 않는다. 쉽게 믿을 수 있는 것들은 언제나 속임수에 불과하다. 모든 소설이나 영화도 단지 인간의 원색적 감정을 도발하고 착취하는 속임수일 뿐이다. 그럼에도, 지금은 그 속임수의 형식을 잠깐 빌리겠다. 유나는 그 어떤 속임수에도 넘어가지 않는 존재다. 그것만이 오로지 내가 유나에 대해 솔직하게 말할 수 있는 유일한 사항이다.

8년 전 그날

오후를 지나면서 집 뒤편 산 쪽에서부터 강한 바람이 내리쳤다. 하늘은 맑았으나 어딘지 어두운 기운이 산 전체의 그림자를 벗겨 바다 끝까지 펼쳐놓는 것 같았다. 기타를 한창 치던 참이었는데, 집 근처 어디선가 개 짖는 소리가 들렸다. 앰프에서 윙윙대는 노이즈가 창밖으로 번져 개의 울음소리를 낚아챈 것 같은 느낌이었다. 묘한 앙상블이었다. 방 안에 요란한 색감의 스펙트럼이 둥글게 확산했다. 그럴 땐 문득 세계 전체가 낯설어지는 것 같았다. 나 자신마저 현재의 공간이 아닌 다른 차원의 세계로 넘어가 별종의 존재로 거듭나는 기분이었다. 손가락이 기타 네크를 자유분방하게 짚어내면서 펼쳐지는 그 공감각적 울림엔 마음의 어떤 둑을 무너뜨리는 부드럽고도 첨예한 허방이 존재하고 있었다. 내가 기타를 치는 것이었지만 앰프로 증폭된 소리는 스스로 가늠할 수 없는 어떤 원시의 공간으로 굴절되어 내 몸을 감쌌다. 결국 소리가 나를 다시 빚어내는 것이었다. 내가 원래 태어난 곳이 지금 여기가 아니라 그 누구도 기억하거나 복원해 낼 수 없는 머나먼 우주의 어느 한 끝 아닐까 싶었다.

"그런 것도 기도인 기라."

고등학생 때 아버지가 했던 말이다. 몇 날 며칠 기타에 열중하면서 사뭇 어두운 동굴 속 탐사라도 하고 나온 양 눈빛이 게슴츠레 붕 떠 있던 상태였었다. 내가 뭔가에 정신을 놓을 정도로 몰두하는 모습을 처음 봐서였을지도 모른다.

"니 안에 있는 걸 거듭 바라보고 그걸 바깥으로 끄집어내는 게 기도의 목적이다. 하나님도 결국 니 안에 있다."

목사로서 할 수 있는 말인지 어떤 건지 모르겠다. 물론 예배와 설교 시에는 보통 목사와 다를 바 없었다. 내 아버지이지만 도통 정체를 알 수 없는 사람이란 건 아직도 여전하다.

기타 소리보다 바람, 그리고 개 짖는 소리가 유독 더 커진 느낌이었다. 바깥 공기가 궁금했다. 집 뒤편 비탈에 엉성하게 아스팔트를 발라놓은 고갯길을 올랐다. 칼바람에 금세 귀가 얼얼해졌다. 해가 기울면서 멀리 수평선이 감귤빛 휘장을 늘어뜨리고 있었다. 고개 넘어 왼편으로 휘어진 내리막이 나왔다. 개 소리는 더 들리지 않았다. 다만, 바람이 나무들을 흔들어대는 소리만 날카롭게 울렸다. 공기 속에서 뭔가 뚝뚝 부러지는 듯한 잔향이 번졌다. 공기 속에서 얼음이 터져 살을 짓찢는 느낌이었다. 고개를 들어 보니 3미터가량 높이의 소나무 위에 까마귀가 한 마리 앉아 있었다. 내 팔뚝만 해 보일 정도로 크고 시커먼 녀석이었다. 꼼짝 않고 있는 본새가 왠지 영험해 보였다, 계속 올려다보고 있으려니 주변마저 검게 물들여버릴 것만 같았다. 그러다가 잠깐 시야가 흐릿해졌다. 까마귀의 검은 형태 위로 뭔가 겹쳐 보였다. 까마귀는 가끔씩 고개를 주억거릴 뿐, 여전히 자리를 지키고 있었다.

순간, 어디선가 나무가 우지끈 부러지는 듯한 소리가 들렸다. 바람이 아무리 거세다 한들, 근방에 쉽게 부러질 수 있는 나무는 없었다. 바람보다 더 센 어떤 움직임이 작정하고 나무를 부러뜨리는 게 아니라면 그렇게 크고 둔탁한 소리가 들릴 여지는 없었다. 해는 빠르게 바다 끝으로 숨어들었다. 견고하고 새된 어둠이 일시에 사위를 감쌌다. 아무리 밤일지라도 눈 감고도 다닐 만한 숲 길 곳곳이 난생처음 만난 동굴 속 같았다. 조금 전까지만 해도 머리 위에 앉아 있던 까마귀가 보이지 않았다. 까마귀를 흑점 삼아 막 바닷속으로 가라앉는 태양이 내가 알고 있던 세계 전부를 불태워버린 것일까. 칼바람은 여전하되, 몸 전체에서 끈적한 열기가 올라왔다. 주위는 온통 숯칠을 한 것 같은 어둠이었다. 살짝 땅이 흔들린다 싶은 느낌과 함께 어둠 속에서 빨간 불빛 몇 점이 번득였다. 그러면서 그 불빛들 주변이 푸르스름하게 변하기 시작했다. 어떤 거대한 덩어리가 느릿느릿 어둠을 균열시키며 움직이는 게 보였다.

처음엔 나무 몇 그루가 슬금슬금 걸어 다니는 것만 같았다. 문득 입안에서 달짝지근한 피 맛이 맴돌았다. 동시에 허기가 몰려왔다. 둥그렇게 파형을 그리며 고막에 얽혀드는 바람 소리에서 금속성이 느껴졌다. 나무들 천지인 곳에서 느껴지는 몽롱한 전자파라니. 기타 소리의 이명이 몸 안에 고여 있다가 외부로 번져나간 것일까. 영문을 알 수 없었지만, 지금 겪고 있는 모든 게 어떤 외부적 요소에 의한 착시나 혼란이 아닌 내 안에서 발아한 모종의 섬망과도 같은 것이라는 확신은 분명했다. 이를테면 내 안에서 작동하는 어떤 변이가 외부 형상들을 전혀 파악할 수 없는 미궁으로 변화시킨 것이다. 그러니까 지금 나는 내 안의 더 깊은 세계 속으로 나도 모르게 진입한 거라 할 수 있다. 아니, 어쩌면 나는 지금 조금 전까지 나무 위에 앉아 있던 까마귀의 몸속으로 들어와 버린 건지도 모른다. 무언가를 집요하게 응시하다 보면 내가 대상을 보는 게 아니라 대상이 나를 바라보면서 주객이 전도

되는 현상. 일종의 피드백이다. 기타를 쳐서 앰프로 증폭시킨 소리가 내 몸을 휘감는 것과 같은 전이와 전도^{顚倒}. 그래, 이곳은 까마귀의 배 속이다.

검은 덩어리가 좀 더 분명하게 움직이는 게 보였다. 빨간 불빛은 모두 네 개였다. 그리고 그 불빛들을 둘러싼 타원형의 형태가 있었다. 해골 세 개를 한데 엮어 또 다른 커다란 해골 모양으로 빚은 형태였다. 불빛들은 거기 박힌 눈이었다. 그리고 커다란 등걸에 전 방향으로 뻗은 가지들. 아니 차라리 그건 원형의 몸체에서 뻗어 나온 다리라고 하는 게 더 정확해 보였다. 무섭고 이질스럽기보다는 왠지 정겨운 느낌이었다. 그럼에도 사지가 얼어붙는 당혹감은 지울 수 없었다. 속에서 물큰하게 올라오는 게 있었다. 피 맛이 더 진해졌고 홀연 코끝이 찡해졌다. 마지막으로 울어본 적이 언제였는지 잘 기억나지 않았다.

다리 길이는 족히 2미터는 넘어 보였다. 한쪽이 땅을 디디면 그 반대 각에 놓인 다리가 허공으로 치솟았다,

그렇게 여덟 개의 다리와 세 개의 얼굴을 지닌 커다란 나무 거미의 실체가 어느덧 명확해졌다. 나는 달아나거나 다가가지도 못한 채 우두커니 서 있기만 했다. 문득 고등학교 시절 마을을 휩쓸고 간 태풍 매미가 떠올랐다. 당시에 죽은 채 발견된 사람은 두 명이었다. 왠지 저 괴물의 얼굴에 붙어 있는 해골이 그들 아닐까 싶었다. 하지만 해골은 셋이었다. 그리고 눈은 네 개였다. 그때 문득, 사뭇 엉뚱하게도, 세상 모든 게 거짓말처럼 여겨졌다. 그러나 눈앞에 있는 괴물은 다른 무엇보다 분명한 실재였다. 다시 태어나야 할 것 같은 쩌릿하고 먹먹한 기분. 갑자기 기도하는 심정이 되었다. 맞다, 내가 존재하지 않으면 세계도 없는 거다. 나는 정신을 잃고 그 자리에 쓰러졌다.

유나의 정원

그리고 십수 년 만에, 다시 그 거미가 나타났다.

얕은 구릉과 개활지가 뒤죽박죽 교차하는 파주의 한갓진 땅에 고급 빌라들이 들어서기 시작한 건 불과 5, 6년 전이었다. 전원생활을 꿈꾸는 사람들의 허영을 노려 온갖 부동산업자와 건축업자들이 달려들어 일관된 조형 감각 없이 마구잡이로 건물들을 일으켜 세웠다. 황량한 농지에 불과했던 곳이 몇 년 사이 편의점과 식당, 교회까지 들어선 마을의 형태를 갖춰가는 건 순식간이었다. 마을과도 조금 떨어진 외딴곳의 다락이 딸린 작은 주택에 작업실을 지은 건 2년 전이었다. 노부부가 살던 곳이었는데, 아내가 죽자 노인이 집을 내놨다. 노인은 30여 년 전 이곳으로 이사와 농사를 지으며 스스로 집을 지었다고 했다. 방 세 칸의 단층집에 두 평 남짓한 다락으로 올라가는 계단이 서쪽 외벽에 붙어 있었다. 다락은 유럽식 박공지붕에 작은 창이 달려 있었다. 당시 유행하던 주택 양식과는 많이 달랐다. 묘한 기시감이 들었으나 이유는 알 수 없었다. 70대 중반 정도로 보이는 노인은 이렇게 말했다.

"이 집은 나라에서도 못 빼앗는 거니 그냥 사시게요. 부동산 놈들이 개발할 거라면서 허문다고 하면 언제든 내게 연락하고. 고치고 싶으면 마음대로 고치셔도 되는 걸세."

그러잖아도 언젠가 내 손으로 집을 지어보고 싶다는 생각을 막연하게나마 하던 차에 옳다구나 싶었다. 아무런 중간 매개 없이 노인과 직접 거래했다. 7년간 밴드 활동으로 벌었던 돈의 절반 이상이 떼어져 나갔으나 외려 혹을 뗀 기분이었다. 어떤 악귀에 씌웠던 시절에 대한 빚 막음인 듯싶기도 했고, 스스로 은폐했던 가면 속 얼굴을 살점째 드러내 햇빛 아래 그동안의 응혈을 내어 말리는 기분이기도 했다. 그랬다. 중요한 건 햇빛이었다. 깊은 어둠 속에서만 소리 지르던 내 몸뚱어리를 햇빛에 꺼내어 뢴트겐 빛에 투과된 역상의 뼈대처럼 나 자신에게 송두리째 고발하고 싶었다. 가옥 중앙에 중정을 트는 아이디어는 그렇게 나왔다.

따지고 보면 일본의 건축가 안도 다다오의 아이디어를 본뜬 것이긴 하다. 하지만 기존에 입력되어 있었던 정보나 지식이 우선은 아니었다. 아래층 침실과 위층 작업실 사이에 지붕을 허물어 집 자체가 하늘과 직통하게끔 설계했다. 내부가 외부를 드러내고 외부가 내부 속에서 또 다른 내부가 되는 집. 오랫동안 인테리어 노동을 하면서 쌓아두었던 내공을 여실히 발휘하고 싶었다. 목사 안수를 받기 전 일본에 건축 유학까지 다녀왔던 아버지 어깨너머로 배운 기술들이 나도 모르는 새 내 안에 쌓여 있었다는 걸 그제야 깨달았다. "하늘의 빗면이 중정 왼편 내각과 대칭하는지 살펴볼 것"이라거나 "위층 지붕의 사면이 계단 첫 단과 90도로 맞물리게 할 것" 등의 메모부터 시작했다. 처음엔 어떻게 공간을 분할할지 감이 잘 안 잡혔으나 집 전체의 중심축인 중정 한복판이 오후 12시에서 3시 사이 해의 위치와 맞물리게 하려는 의도였다. 요컨대 하늘에서 내려다봤을 때, 실제 모양은 사각이지만 공간 내부의 기본 원리는 둥글면서도 안팎이 서로 맞물리는 뫼비우스 띠의 형태였던 것이다.

지난밤까지 연 3일간 퍼붓던 비가 새벽이 되자 멈췄다. 하늘은 계속 흐렸으나 중정으로 나갔다.

햇빛이 사라진 중정 귀퉁이 화단에 심어놓은 대나뭇잎에 암갈색 거미 한 마리가 앉아 있었다. 몸뚱이가 새끼손톱만 한 놈이었다. 원체 조용한 마을이긴 하지만, 거미를 한참 바라보다 보니 사위가 더 적막해지는 느낌이었다. 연분홍빛 대나무 마디들마저 다리 중 일부가 아닐까 싶어질 정도로 거미가 거대해지는 것 같았다. 놀랐지만, 동시에 반갑기도, 두렵기도 했다. 예전에 만났던 그 거대한 나무 거미를 안 떠올릴 수 없었다.

뻥 뚫린 중정 위 하늘엔 먹구름이 들어차 있었다. 공기가 일순간 끈적끈적해졌다. 무슨 아교질의 그물 같은 것이 온몸을 휩싸는 것 같았다. 일순 온몸이 마비되면서 시야가 뿌예졌다. 중정이 점점 작아지면서 목덜미에 무슨 올가미라도 걸린 듯 숨이 막혀왔다. 홀연 음악 소리 같은 게 들렸다. 매우 불규칙한 리듬이 늑골 사이를 불연속적으로 난타하는 듯한 느낌이었다. 아프다기보다 옆구리께가 텅 열렸다가 다시 닫히면서 숨결이 흐트러지는데, 그 틈으로 뭔가 알 수 없는 물질이 몸 안을 들락거리는 것 같았다. 그러다가 갑자기 몸이 공중으로 천천히 떠올랐다. 매우 강력한 장력이 느껴졌다. 대나뭇잎에 있던 거미는 사라지고 안 보였다. 그럼에도 사위를 거대하게 장악하는 어두운 인기척이 느껴졌다. 사지를 움직일 수 없었다. 먹구름 사이로 날카롭게 벼려진 햇살이 단말마처럼 쩌릿하게 뒷골을 쳤다. 온몸이 보이지 않는 끈에 결박당한 채 허공에 두둥실 떠올랐다. 아니, 나 자신이 허공이 되어 눈 아래 풍경들을 멋대로 재배치하는 것 같았다. 익숙하던 모든 게 각각 위치와 형태를 바꾸며 예측도 측정도 불가능하게 만드는 커다란 구형球形으로 엉켜 반죽되고 있었다.

잠깐 구역嘔逆이 치미는 듯도 싶었으나 이내 온몸에 기운이 빠지며 허공에 둥둥 떠 있는 상태가 되었다. 별 무게감이 느껴지지 않았다. 그 상태로 몇 번 공중제비하듯 몸이 큰 원을 그리며 회전했다. 내 의지와는 전혀 상관없는 일이었다. 줄에 매달려 조종자의 손놀림에 따라 움직이는 마리오네트가 된 기분이었다. 사위는 이제 희부연 원색들이 마구 번져 물감처럼 교차하는 환시의 공간이었다. 동굴 속 같기도 하늘 위 어디쯤 별세계의 영역 같기도 했다. 그런데 그게 전혀 낯설지 않았다. 사람이라면 그 누구도 기억할 수 없는, 태 속에서 본 풍경이었다고 말한다면 스스로도 믿기 힘들 것이다. 하지만 중력도 몸 자체의 무게감도 사라진 채 가볍게 떠 있는 이 상태를 그 어떤 것으로 비유한다 한들 누가 믿을 수 있겠는가. 이것은 분명 비유나 환각이 아니라 엄연히 물리적으로 펼쳐진 실제 상황이다, 라고 나는 판단했다.

하지만 어떻게 이런 일이 벌어졌는지, 왜 내가 이런 어처구니없는 상황에 사로잡히게 되었는지에 대해 판단할 계제는 아니었다. 아니, 숫제 그런 의문 따윈 떠오르지도 않았다고 하는 게 정확할 게다. 내 몸이 무언가 보이지 않는 줄 같은 것에 돌돌 감긴 채 허공에 떠올랐고, 주변 공간이 꿈에서나 볼 수 있을 법한 부유하는 색채의 파노라마로 일변했을 뿐이다. 일상적인 시간과 공간 사이의 보이지 않는 틈 속으로 내 몸이 휘말려 들어간 건지도 모른다는 생각은 범박하게나마 따져볼 수 있을 결과론에 불과할 것이다. 어쩌면 세계는 눈에 보이는 것, 이성적으로 판단하거나 유추할 수 있는 것 바깥에서 더 많은 변화와 생성의 규칙을 엄수하고 있는지도 모른다. 음악이 내게 그런 것 아니었던가. 그러고 보면 지금 이런 상

황은 실제로 감지하지 못했었다 하더라도 내겐 처음이
아닐 수 있다.

　몸이 실제보다 훨씬 작게 줄어든 느낌이었으나, 공간
은 그보다 더 작게 축소된 모형처럼 여겨졌다. 이를테
면 기존의 원근 개념이 완전히 변형된 것이다. 모든 게
맞추다 만 큐브 같아 보였다. 커다란 덮개 같은 게 몸 위
를 짓누르고 있는 듯한 느낌이었는데, 먹구름 뒤덮인 하
늘은 아닌 것 같았다. 사위에서 *끈끈하고 뜨거운 열기*가
뿜어져 나왔다. 이 역시 비를 잔뜩 품은 초여름의 후텁
지근한 기후 탓은 아니었다. 분명, 이곳에 나 말고 다른
존재가 숨 쉬고 있다는 직감이 왔다. 나보다 훨씬 크고,
나와는 전혀 다른 신체적 체계를 갖췄으며 경우에 따라
선 나를 완전히 으스러뜨리거나 집어삼킬 수도 있을 존
재. 하지만 주위는 여전히 한눈에 식별할 수 없는 색깔
들의 난반사로만 얼룩져 있을 뿐, 그 어떤 형태나 움직
임도 알아차릴 수 없었다. 이곳이 내가 사는 공간이라는
사실조차 어느덧 희미해져 있었다. 아니, 그보다 훨씬 이
전, 어쩌면 태어나기도 전에 내가 이곳에서 존재해 왔었

을 거라는 이상한 착종이 생겼다. 그만큼 편안하기도, 공포스럽기도 했다. 인간으로선 감당하기 힘든 어떤 거대한 자연적 존재와 맞닥뜨렸을 때의 경외감과는 또 다른 격절감이 느껴졌다. 왠지 여태 살아온 모든 과정이 엉터리로 짜맞춰 지리멸렬하게 덧붙여진 가짜 꿈 같았다. 본디 그대로의 실존이란 이토록 색과 형이 뒤엉키고 크기와 모양이 미증유인 궁극의 미궁 속 아닌가 싶었다. 지금 내 모습을 내 바깥에서 보게 된다면 거미줄에 붙들린 작은 벌레 같은 모습 아닐까. 새끼손톱만 했던 거미는 금세 사라졌고, 내가 거미줄에 매달려 누군가의 새끼손톱만 한 존재가 되어버린 상황. 그런데 이게 꿈이 아니라니!

호흡이 서서히 가라앉으며 공중에 떠 있는 상태가 편안해지기 시작했다. 몸속이 텅 빈 채 아무 무게 없이 공기 속에 뒤섞인 것 같았다. 태초의 부력 상태랄까. 문득 고등학생 때 아버지가 했던 말이 육성 그대로 떠올랐다.

"니도 육지가 원래는 바닷속이었다는 거 알제?"

새삼 부언할 것도 없이 명백한 자연적 사실이었다. 하

나 그것을 실제 몸으로 체험하는 건 인공적 도구 없이 불가능한 일일 터다. 지금은 뇌의 절반 정도가 덜려 나간 채 그동안 사용하던 사고 능력이나 감각 체계가 완전히 마비된 상태에 가까웠다. 그러면서 예전엔 깨닫지 못했던 어떤 감각들이 조밀하게 되살아나는 느낌이었다. 중력이 뭉개지고 시공이 뒤틀리면서 살아나는 감각들. 원래 없던 더듬이 같은 게 몸 어디선가 돋아나는 느낌도 들었으나 실상은 옴짝달싹 못 한 채 그저 허공에 매달려 있을 뿐인 형국에 불과했다. 시간마저 지워지면서 나 자신이 깎여나가는 시간의 더미 속에 한 올 한 올 뜯겨 원시적인 입자 상태로 분해되고 있었다. 혼미한 가운데 '조각은 돌을 깎아 형태를 빚는 게 아니라 돌 속에 숨어 있는 형상을 *끄집어내는 것*'이라는 어느 조각가의 말이 떠올랐다. 그 말이 맞다면 나는 지금 하나의 온전한 형태가 허물어져 다시 커다란 돌의 일부로 환원되어 가는 중일 것이다. 문득 내 모습이 지금 어떨까 상상해 보았다. 팔다리가 다 잘려 나가고 얼굴은 해골만 남아 있는 것 아닐까. 몸속의 내장들이 모두 뜯겨나가 가슴팍이 열린 채로 바람이 들고나는 것은 아닐까. 그 구멍 속으로 여태껏 알고 있던 것, 살아왔던 모든 것이 우주의 다른 틈을 열고 사라지는 건 아닐까. 그럼에도 의식은 여전히 또렷하게, 이전과는 다른 차원에서 말똥말똥 되살아나고 있으니 이것은 죽음일까 또 다른 삶일까. 무엇보다, 어쩌다가 갑자기 이런 일이 벌어진 걸까.

뭔가 조리 있게 가닥을 잡아보려 해도 짚이는 바가 없었다. 언젠가 이런 정황을 겪어본 것만 같았다. 보이지 않는 줄에 포박되어 감옥에 갇혔다가 천천히 온몸이 사라지는 것. 어릴 적 언젠가 방안을 돌아다니는 거미를 유리잔 속에 가둔 채 한동안 방치한 적 있었다. 며칠이나 지났을까. 유리잔 속엔 거미줄만 잔뜩 엉킨 채 거미의 흔적은 눈곱만큼도 보이지 않았다. 그때 나는 허기에 지친 거미가 제 몸을 갉아먹었을 것이라고 여겼었다. 유리잔 속에 갇힌 채 스스로 제 몸을 갉아먹고 허공이 되어 사라진 거미. 아울러 태풍이 몰아칠 때 꼼짝없이 갇혀 죽음 직전의 절벽 끝에서 만났던 크고 새하얀 달빛과 그 아래에서 마주친 나무 거미의 모습도 떠올랐다. 지금 이곳이 달의 어느 분화구 속 아닌가 싶은 생각마저 들었

다. 시공이 마구 뒤엉켜 과거가 현재의 씨실이 되고 미
래가 과거의 날실이 되어 전혀 새로운 우주를 박음질해
대는 것 같았다. 일일이 분간하기 힘든 겹겹의 색깔들이
점멸하는 건 어두운 분화구 속의 측정 못 할 밀도가 지
구의 대기와 뒤섞여 뿜어내는 에너지의 파동 때문일지
도 몰랐다. 어떤 노랫소리가 텅 빈 몸속에서 맴돌았다.
그러나 소리를 내뱉을 수는 없었다. 다만, 어떤 거대한
화음의 기저음이 목덜미를 짓눌렀다 눌렀다가 했다.

두 개의 장음과 세 개의 단음이 느릿느릿 반복되는 곡
조였다. 정확히 찍히기보다는 온음에서 흐물흐물 풀어
졌다가 반의 반음까지 떨어지는 듯하다가 다시 온음을
거쳐 다른 음으로 넘어가는 패턴이었다. 어떤 악기든 기
존 대위법으로는 연주하기가 힘든 화음이었다. 직선적
으로 나아가기보다 앞으로 뒤로 당기고 밀렸다가 다시
제자리로 돌아오는 그것은 음악이라기보다 어떤 미미한
선들의 율동에 가까워 보였다. 어느 추상화가의 머릿속
으로 들어온 같았다. 실제로 그 음들의 파동이 눈에 그
려지는 듯했다. 흐릿하나 끊임없이 반복되는 선들의 출

렁임. 그러다 문득 그 선들이 실제로 몸을 간지럽히고 있다는 걸 깨달았다. 끈적끈적하고 강력한 장력을 가진 줄들이 유현하고 날렵하게 온몸을 죄어오고 있었다. 순간 분명한 직감이 왔다. 내가 바라보았던 거미가 크기와 위치를 역전시켜 내 몸을 포획한 채 나를 내려다보고 있는 것이었던 거다. 그게 요상하게 애틋하고 정겨워 자칫 눈물이 쏟아질 뻔했다. 그제야 먹구름 사이 햇살이 여인의 풍성한 머리칼처럼 중정 전체를 휘감고 있다는 걸 알 수 있었다. 나는 또 정신을 잃었다.

문득, 눈을 떠보니 나는 침실에 누워 있었다. 그리고 곁에 누군가 누워 있다는 걸 알아챘다. 유나였다.

입맞춤

유나는 똑바로 누운 채 거의 숨을 쉬지 않았다. 어떻게 유나가 이곳에 와 있게 되었는지 알 수 없었지만, 중정 허공에 매달려 있던 내가 어떻게 침대에 누워 있게 된 건지가 더 궁금했다. 유나가 곁에 있는 게 그다지 신기하게 여겨지지 않는 건 그 와중에도 기묘한 일이었다.

유나의 안색은 고요하고 편안해 보였지만, 양 볼에 상처 자국 같은 게 눈에 띄었다. 사선으로 비스듬히 그어진 빨간 줄이었다. 대칭을 이룬 두 줄의 각도가 얼핏 봐도 정확했다. 일부러 그은 걸까. 유나의 코끝에 손을 대보았다. 희미한 숨결이 느껴졌으나 곤히 잠든 사람의 호흡치고는 너무 미미했다. 도대체 어떤 일들이 벌어졌는지 알 수 없었다. 허공에 매달려 있던 상태 이후로 기억나는 게 전혀 없었다. 내 몸은 벌거벗고 있었다. 유나역시 알몸이었다. 왼쪽 가슴 위쪽에 그려진 사슴 얼굴 타투가 눈을 사로잡았다. 예전엔 설핏 보고 말았지만 제대로 보는 건 처음이었다. 허리 아래로는 시트가 덮여 있었다. 섹스 후의 미진한 열기 같은 것도 느껴지지 않았다. 유나를 깨울까 하다가 참았다. 뭐든 종잡을 수 없는 가운데 인위적인 어떤 일을 벌이면 안 될 것 같은 직감 때문이었다. 돌이켜보면 중정으로 나간 이후 지금까지 벌어진 일들 중 내 의도가 개입된 건 전혀 없었다.

뭔지 알 수 없는 소용돌이에 휘말린 것일 뿐이다. 이럴 때 흘러가는 대로 두고 보는 수밖에 없다. 판단 불가인 상황일 때면 판단하지 말고 다만 느껴보는 수밖에 없는 거다.

그러나 일말의 느낌조차 선명하지 않았다. 몸과 정신이 고체 상태가 된 듯싶었다. 현실감이 전혀 없었고, 누가 몽둥이로 두드려 패더라도 별 통증을 느끼지 못할 것 같았다. 다만 유나 얼굴의 상처에 유독 신경이 갔다. 조심스레 손가락을 대보았다. 끈적한 액체가 묻어나왔다. 피 냄새가 났다. 손가락을 혀로 핥아보았다. 진짜 피였다. 다시 상처를 바라보았다. 뭔가에 긁힌 거라고 보기에는 균일한 질감과 또렷한 선이 지나칠 정도로 명확했다. 일부러 상처를 낸 걸까. 하지만 피는 방금 터져 나온 것처럼 신선했다. 상처는 보면 볼수록 예뻐 보였다. 나는 거기에 입술을 대고 길게 심호흡했다.

내 몸이 다시, 내 몸 바깥으로 빠져나와 거울 앞에 섰다. 거울에 비친 커다란 거미를 깨뜨려 죽이고 싶다는

생각을 했는데, 그 안으로 다시 들어가고 싶다는 것과
다를 바 없는 생각이란 걸 나 자신, 너무나 잘 알고 있
었다.

불과 비 ^{Fire and Rain}

김이듬

김이듬 | 2001년 계간 《포에지》로 등단했다. 김춘수시문학상, 전미번역상, 샤롯데문학상, 이형기문학상 등을 수상했다. 시집으로 『별 모양의 얼룩』 『명랑하라 팜 파탈』 『말할 수 없는 애인』 『베를린, 달렘의 노래』 『히스테리아』 『표류하는 흑발』 『마르지 않은 티셔츠를 입고』 『투명한 것과 없는 것』 『누구나 밤엔 명작을 쓰잖아요』가 있다.

1.

　잘 지내다 가요. 은은 불 꺼진 창을 올려다보며 중얼거렸다. 지난 4년간 살았던 빌라 5층의 원룸, 먼지까지 싹 쓸어내고 나니 밤이 깊었다. 새 입주자가 며칠 앞당겨 내일 오전에 입주하겠다고 해서 은은 어영부영할 수 없었다. 빌라는 구질구질하게 낡았고 방은 서향이라 사철 선풍기 바람으로 빨래를 말려야 했지만 다른 빌라에 비해 월세가 쌌다. 망원역과 시장도 멀지 않아서 방은 쉽게 나갔다. 은은 옷과 책을 처분하면 별 짐이 없을 줄 알았다. 책은 네 번에 걸쳐 중고서점에 팔았다. 붙박이장에서 막상 옷을 꺼내보니 방 한가득이었다. 멀쩡한 정장 몇 벌을 번갈아들고 망설였다. 면접 볼 때, 논문 발표할 때, 강의할 때가 떠올랐다. 은은 머리를 흔들며 거의 모든 옷을 비닐봉지에 쑤셔 담았다. 헌 옷 방문 수거 업체에서는 옷 무게만큼 현금을 줬다. 치킨 두 번 시켜 먹을 만한 돈이었다. 청춘을 걸고 애지중지했던 것들 대부분이 쓰레기통으로 들어갔다. 그러고도 예상보다 많은 이삿짐은 트렁크에 다 들어가지 않았다. 은은 뒷자리에 비스듬히 기타 케이스를 뉘었다. 이불 보따리는 운전석 옆자리에 앉히고 안전벨트를 매어줬다. '자, 이제 출발, 넌 다시 살 수 있어!'

양재 나들목을 빠져나오자 비가 왔다. 여름을 끝내려는 장맛비가 긴긴밤 운전하는 은에게 위험한 길동무가 되었다. "비가 내리고 음악이 흐르면 난 당신을 생각해요." 김현식의 노래가 시작되자 은은 라디오를 껐다. 그녀는 자신의 기분이나 상태를 스스로 유지하고자 했다. 음악을 듣고 난 뒤에도, 영화를 보고 난 뒤에도, 책을 읽고 난 후에도 별다른 동요가 일어나지 않는 걸 선호했다. 너무 많은 공감, 너무 심한 변화, 사건들에 지칠 대로 지쳤다.

새벽 네 시다. 목적지로 설정한 '석동 방파제'까지 45분

남았다고 내비게이션은 알려주지만, 은의 오래된 소형차가 이 장대비를 뚫고 가려면 두 시간은 더 걸릴 것이다. 가로등도 드문 어두컴컴한 국도에서 앞서가던 차가 사라졌다. 그 차의 흐릿한 후미등 빛을 따라 반 시간 가까이 운전해 가고 있었는데, 이제 바짝 정신 차려야 한다. 무섭게 추월하는 트럭은커녕 지나가는 차 한 대 없다. 도로 중앙선을 식별할 수 없다. 빗줄기는 거세지는데 졸음이 그치지 않고 쏟아진다.

2.

눈을 떴다. 사방이 희붐하다. 은은 자신의 몸이 스티로폼 부표처럼 바다 위에 둥둥 떠 있다고 느낀다. 은이 이렇게 햇살 가득 쏟아지는 방에서 눈을 뜬 게 언제인지 모르겠다. 그녀는 창 쪽으로 모로 누워본다. "아, 눈부셔." 바다가 창문 앞에서 출렁인다. 마당으로 배가 들어올 것 같다.

"날도 더운데 문 꽉 닫아놓고 뭐 해? 여태 자나?" 옆집에 사는 명자가 은의 집 현관문을 당긴다. 명자는 모처럼 산뜻하게 차려입고 립스틱도 발랐다. 빨간 립스틱 때문에 튼 입술 각질이 도드라져 보인다. 잠이 없는 그녀는 동틀 무렵 옆집의 인기척을 느꼈다. '옳지, 온다던 이가 진짜 왔구나!' 명자는 근 십 년 폐가처럼 비어 있는 옆집에 신경 쓰였다. 옆집 건넛집에 살던 대구댁과는 피붙이처럼 지냈는데, 그이가 작년에 죽고 나서는 매일 매 순간 외롭고 적적했던 터다. 지난달 홀연히 서울에서 온 은이 곧 살러 올 거라고 말하고 간 후론 명자의 하루하루는 이웃을 기다리는 일로 채워졌다. 그녀는 호기심과 활력을 되찾아갔다.

"어여 일어나 아침밥 좀 먹어. 된장국하고 김치 좀 썰어왔으니……." 명자가 쟁반을 방바닥에 놓으며 은을 채근한다. 은은 일어나 앉아 흐트러진 머리칼을 쓸어 올리며 희미하게 웃는다. 7시간 넘게 운전해 오느라 더 자고 싶지만 명자의 배려에 기운을 차린다. 그리고 다행으로 여긴다. 이런 환대를 받으리라고는 상상하지 못했다. 어떤 소설가는 서울에서 지리산 자락으로 들어가 집을 지었지만, 주민들과 지리멸렬한 알력으로 도로 상경했다

    김이듬

고 하던데…….

"자네가 이 마을에서 제일 젊어. 밥 먹고 나하고 이장 집에 가세. 동네에 들어왔다고 인사도 할 겸. 사람들하고 잘 지내야지." 은은 고개를 끄덕거리며 하얀 고봉밥을 숟가락으로 떠서 입속에 넣었다. 약간 질지만 고소한 밥 알을 삼키며 왠지 눈물이 날 것 같았다.

"제가 뭐라고 불러야 하죠?" 은이 명자의 눈을 보며 물었다. "아지매, 명자 아지매라고 부르면 되지. 우리는 다들 그렇게 불러. 포항에서 시집와서 여기 평생 사는 할머니한테도 포항 아지매라고 부르지. 포항 아지매는 몇 해 전까지 물질했어. 전복도 따고 미역도 따고, 이 동네엔 해녀가 많았어." "아지매도 해녀였어요?" "아니, 우리 아저씨가 뱃일했고 나는 밭일을 쪼매 했어. 저 위에 큰 길 너머 밭이 있어." 명자는 은이 더 물어보지도 않는데 자기 일생을 요약해서 말한다. 그녀가 자신의 76세 인생을 5분으로 압축하는 기술에 은은 놀라서 입을 벌린 채 다물지 못한다.

명자의 남편은 5년 동안 앓았다. 대구로 서울로 큰

병원에 갔지만 끝내 병명을 알지 못한 채 죽었다. 그녀의 아들 하나, 딸 하나가 객지에서 가정을 꾸리며 살고 있다. 애태우며 자식들을 기다리지 않는다. 그녀는 선천적으로 왼쪽 다리를 약간 절지만 새벽부터 일어나 온 동네일에 간섭하며 대소사 소문을 물고 온종일 언덕을 오르내린다. 활달하고 다정하며 부지런한 성격에 남의 말을 옮길 땐 좋은 것만 옮긴다. 그녀는 어쩌다가 거울 앞에서 급격히 마르고 늙어가는 어촌 아낙 하나를 낯설게 바라본다. 지난달에 은이 이 집 앞을 서성일 때부터 반가운 마음이 들었다. 토박이들은 병들고 죽어 떠나가고 외지인들은 오지 않아서 빈집만 늘어가는 마을, 구불구불한 언덕길을 올라오는 은을 먼발치에서 보며 명자는 꿈인가 했다. 첫눈에 속수무책 은에게 정이 갔다. 뭘 물어도 우물쭈물하는 은이 명자 눈엔 자신의 죽은 둘째 딸로 보였다. 훌쭉 큰 키에 단발머리, 쌍까풀 짙은 눈매까지.

3.

정리는 버리는 것이다. 사람들은 대개 버리지 못한 채 떠나거나 죽는다. 외투든 미련이든. 사람이 떠난 집이 사람 사는 집보다 속히 망가지는 이유가 뭘까? 방에 켜켜한 먼지와 거미줄을 걷어내며 은은 자신의 마음속을 보는 것 같았다.

은이 처음 이 집을 보러 왔을 땐 쓸 만한 물건이 많다고 생각했다. 창호지 바른 미닫이문이 있는 두 개의 방, 그 안에 놓인 침대와 책상. 싱크대 옆의 커다란 냉장고, 욕실의 세탁기까지 고치거나 수리하면 사용 가능하겠다 싶었다. 하지만 겉보기와 판이했다. 가구들은 몸이 닿자 삐걱거리다 내려앉고 바스러졌다. 서비스센터 기사가 와서는 가전제품 수리비용이 새 제품 사는 가격과 맞먹을 뿐만 아니라 오래전 단종된 모델이라 부품을 구할 수 없다고 했다. 그는 쓰레기 처리 비용이 만만찮을 거라며 혀를 끌끌 찼다. 은은 어딜 가나 자기 주변엔 쓰레기만 가득하다는 생각을 하지 않으려고 했다. 어디서부터 어디까지 치워야 할지 대책이 서지 않았다. 현관 신발장부터 처리하려고 문을 여는데, 문짝이 떨어졌다. 신발장 안에는 더러운 신발, 삭은 신발들이 뒤죽박죽 쌓여 있었다. '문이 있는데 먼지가 어떻게 이토록 많이 들어갔지?' 썩은 나무 옷장 안에는 부패한 옷들이, 문이 없는 이불장 안엔 냄새나고 얼룩 묻은 이불들이. 은은 정리 시작부터 막막하고 불쾌했다. 물건들이 바스러지며 내는 먼지로 코와 눈이 매웠다. 찬장에 들어 있는 그릇들을 욕실에 있는 찢어진 고무대야에 담아 마당으로 가져갔다. 일단 창고에 넣어뒀다가 차차 버릴 요량으로. 담쟁이덩굴로 뒤덮인 창고 문을 여니, 이미 텔레비전, 라디오, 집 전화기 같은, 딱 봐도 고장 난 가전제품과 통발, 시꺼먼 부표며 로프와 그물들이 엉망으로 쌓여 있었다. 아무래도 전문적으로 폐기물 처리하는 사람을 불러 옷장과 이불장, 신발장, 냉장고, 세탁기 같은 큰 물건들과 자잘한 생활용품까지 함께 버려야겠다고 생각했다. 도저히 혼자서는 역부족. 차가 들어올 수 없는 구불구불한 길에 홀몸으로도 오르내리기 힘들 만큼 경사가 심한 마을이라 어쩔 수 없었다. 마당에서도 바다가 훤히 보였다. 펼쳐진 수평선 양쪽 끝이 보이지 않았다. 내리쬐는 늦여름 태양

아래 방파제에 서서 낚시하는 사람들의 모습이 보였다.

'이게 잘하는 짓일까, 내게 새로운 인생이 가능키나 할까?' 은은 거실에 벌렁 누워 천장을 본다. 일어서면 정수리가 닿을락 말락 하는 낮은 천장, 한가운데가 울퉁불퉁하고 커다랗고 검은 얼룩이 있다. 곰팡이가 세계지도 모양으로 액션 페인팅을 한 것 같다. 은이 일어나 벽에 붙은 죽은 시계를 뗀다. 시계가 사라진 벽면은 다른 벽보다 깨끗하다. 그 옆에 강구수협이라고 붉고 큰 글씨가 적혀 있는 달력을 들여다본다. 날짜가 2014년 3월에서 멈춰 있다. 안방 벽에 걸린 가족사진을 본다. 중년 부부와 십 대로 보이는 아들 둘, 그리고 가장 어린 딸 하나가 이 집 대문 앞에 서 있다. 집이 완공된 걸 기념하여 가족사진을 찍었는데 웃고 있는 사람이 아무도 없다. 맏아들 이름을 따 기태네로 불린 집에서 얼마 살지 못하고 기태 엄마는 병으로 죽었다. 슬픔에 빠진 기태 아버지는 살아도 산 게 아니었다. 그러던 가을, 대게 금어기가 끝나자 기태 아버지는 아침 일찍 바다로 나갔다. 만선의 꿈을 이루고 돌아와 닻을 내리다가 쇠사슬에 허리가 감기는 사고를 당했다. 그는 이웃의 도움으로 수술을 받았고 병원 가까운 영덕 읍내에 방을 구했다. 이듬해 재수술을 받았지만 거의 매일 병원 신세를 져야 했다. 그즈음 아이들은 뿔뿔이 도회지로 나갔다. 이후로 10년 넘게 이 집은 비어 있었다. 이따금 기태 아버지가 안간힘 다해 절벽 마을을 기어오르는 걸 보며 주민들은 안타까워했다. 그는 젊은 날 자신이 손수 지었던 집 문지방에 걸터앉아 헐떡거리다가, 마당의 풀을 뽑아놓고 읍내 자신의 골방으로 돌아가곤 했다.

    4.

"은아, 내가 미안했다." 경식이 탄식하듯 이 짧은 말을 하는 데 43년이 걸렸다. '사랑 없는 인생은 실수란다. 내 삶은 실수였어. 너 어릴 적에 때리고 윽박질렀던 게 후회된다. 네가 엄마한테 반항하고 매사 부딪치니 어쩔 수 없었다. 네 엄마가 너 때문에 못살겠다고 허구한 날 난리니 네 편을 들 수 없었다. 은아, 내 딸아…….' 이 말은 차마 뱉지 못한 채 경식은 입을 다물었다. 경식은 오늘 따라 기분이 산뜻하다. 심지어 잇몸 드러내고 웃기까지 한다. 마약 성분이 다량 함유된 진통제 덕분이다. 그는 전날 밤 옆 침대 환자가 침상째 실려 나가서 돌아오지 않은 것처럼 이틀 후에 사망한다.

경식은 은에게 상상을 초월하는 유언을 남기고 죽었다. 암이 전신에 혈액까지 번진 채로 호스피스 병동에서. 은의 아버지는 딸에게 사과했을 뿐만 아니라 땅문서까지 남겼다. 그는 아내가 목욕하러 집에 간 사이에 딸에게 처음으로 영덕 해변 절벽마을의 스무 평 남짓 땅 얘기를 했다. "네 엄마와 동생한테는 비밀로 해야 한다." 그는 신신당부했다. 그 땅에 무허가로 집을 짓고 산 사람이 바로 기태 아버지다. 은의 아버지가 낚시에 미쳤던 삼십 대 후반, 영덕 석동 방파제에서 밤낚시 하다 물에 빠져 죽을 뻔했을 때 목숨을 구해 준 이가 기태 아버지였다. 둘은 또래였고 금세 친구가 되었다. 은의 아버지는 자신의 조부모에게 물려받은 그 땅을 기태 아버지한테 무료로 빌려주고 집 짓고 사는 걸 허락했다. 그리고 10년 전에 그와 모든 계산을 끝냈다. 계산이랄 것도 없었다. 기태 아버지는 집을 떠났고 무허가주택 철거 비용

은 은의 아버지가 도맡기로 했다. "아직 살 만한 집이라
니…… 부숴버리지 말고…… 네가 거기 가서 살면 어떻
겠니? 그 집 말고는 네게 줄 게 없구나." 경식은 숨이 가
빴다. "내가 너무 오래 병원 신세 졌잖니. 네가 매달 병원
비며 간병비를 보탠 건 안다마는…… 아파트는 네 엄마
에게 줬고…… 종로에 있는…… 콧구멍만 한 오피스텔
은 네 동생 명의로 바꿨다. 서운해 마라…… 네가 다 이
해할 수 있지?"

5.

3월 7일이다. '사랑을 잃고 나는 쓰네, 잘 있거라, 짧았
던 밤들아. 창밖을 떠돌던 겨울 안개들아. 아무것도 모르
던 촛불들아, 잘 있거라.' 이렇게 썼던 시인의 기일과 부
친의 기일이 일치하는 게 아이러니하다고 은은 생각한
다. 자신이 처음 미워했던 남자와 자신이 처음 좋아했던
남자가 같은 날짜에 죽었다니. 그녀는 원체 숫자에 약한
자신이 아버지 생일을 번번이 잊어 꾸지람 들었던 기억

을 떠올린다.

　조금 전엔 경식이 정년퇴직했던 학교의 선생 몇몇이 영정사진 앞에 무심히 국화 놓고 절을 했다. 장례 첫날이라 조문객은 드물었다. 은은 저녁으로 소고기뭇국을 몇 술 떴다. 오늘 첫 끼니였다. 그녀는 불그레한 국물을 소복에 흘리는 바람에 숟가락 놓고 장례식장 밖으로 올라간다. 지상엔 어두운 비가 내리고 있다. 참혹하거나 절망스럽지는 않으나 기분이 무겁게 가라앉는다. 주차장으로 이어진 길가에 벚나무 꽃잎들이 과도하게 찬란히 흩어진다.

　"봄비치고는 많이 오네. 우산도 없이 나왔어? 그런데 누나, 아무한테도 부고를 전하지 않았어?" 은수가 불쑥 나타나 은에게 묻는다. 그의 입에서 담배 냄새가 난다. "글쎄, 별로 알릴 데가 없네. 알리고 싶은 마음도 없고 해서……. 아, 아까 내 여고 동창 넷이 왔다 갔잖아. 너한테 인사도 했잖아." 은과 은수는 큰 키 말고는 닮은 구석이라곤 없다. 부부나 오랜 친구끼리는 서로 닮는다던데, 어릴 때부터 함께 산 반려견하고 주인은 눈빛이나 태도도 닮는다던데 둘이 남매라고 하면 사람들이 어리둥절

한 표정을 짓는다. 은이 뚜렷한 이목구비에 야윈 체격인 반면 은수는 외까풀 눈에 흐릿한 인중, 90킬로그램 넘는 체구지만 단단하고 호방한 이미지를 갖고 있다. 대기업 계열사에 다니는 정은수, 그는 자신이 장난삼아 괴롭히고 따돌리는 후배 직원이 우울증에 자살 충동까지 겪고 있는 걸 알고 있다. 자신의 엄마가 은을 학대하는 걸 보고 자라서 은연중에 그런 짓을 배운 것이다.

"친척들은 누나가 교수인 줄 알고 있잖아. 아버지가 딸이 교수라며 자랑하고 다니셔서." 은수는 은의 어깨를 잡고 우산 아래로 좀 더 끌어당긴다. "그러셨나? 난 교수가 아니라 시간강사인데 왜 그런 말을 하셨대?" 은은 자신의 젖어가는 운동화를 내려보며 말한다. 양말처럼 꿉꿉한 목소리로 은수는 지껄인다. "누나가 두어 군데 학교에 출강하는데…… 대학 어디서도 화환 하나 안 보내주네. 학과 사무실에 전화라도 해보지 그래? 누나 앞으로 조의금이 안 오는 건 누나가 워낙 사회성이 없어서 그런 거라 쳐도, 리본에 대학 이름 새겨진 화환이라도 장례식장 앞에 세워두면 아버지 가시는 길에 흐뭇하실 거 아냐. 아버지 살아생전 누나 걱정으로 속 많이 태우신 거 알지?" 은은 말문이 막힌다. "너 또 왜 이래? 내가 뭘 어쨌다고……. 아버지하고 연을 끊다시피 산 나한테……. 너하고도 몇 년 만에 만났잖아. 내가 매달 돈은 보냈잖아, 아버지 몇 차례 수술하느라 병원비 많이 들었으니까……. " 은은 흰자위를 드러내며 눈을 흘긴다. "워워, 누나, 흥분 가라앉혀. 말을 조리 있게 해. 이러니까 누나하고 대화가 안 되잖아. 누나는 아무 계획 없이 살잖아. 미래가 없어. 저번에 최 교장 차남하고 맞선 봤을 때, 누나 왜 그랬어? 아버지 입장은 안중에 없었어? 우리 아버지가 얼마나 곤혹스러우셨겠냐고!"

6.

부친 유골을 모신 납골당 통창 앞에서 은은 가족을 둘러보며 담담하게 선포했다. 자신을 죽은 사람 취급해도 괜찮으니, 연락 없이 살자고. 은은 엄마를 처음 만난 일곱 살 겨울 저녁을 기억한다. 여자는 올림머리 하고 짙은 분홍색 원피스를 입고 양손에 큰 가방을 든 채 현관문에서 당당하게 걸어 들어왔다. 아마도 문을 열 줄만 알았지 닫을 줄 모르는 사람이라고 은은 생각했다. 문밖으로 눈송이가 떨어지는 걸 바라보는 은에게 그녀가 다가와 "이제부터 내가 네 엄마란다. 엄마라고 부르렴." 그러면서 자신의 뺨을 꼬집었을 때의 손톱 끝 감촉도, 토할 것 같은 향수 냄새도 기억한다. 그날부터 은에게는 모질고 변덕스러운 겨울이 반복되었다. 이듬해 여름, 동생이 태어났다. 은수는 태어날 때부터 우량아였고 목청이 컸고 머리숱이 까맣게 번들거렸다.

은수의 아내가 몇 걸음 다가와 은의 손을 어색하게 잡았다. "형님, 저희한테 서운한 일 있으세요? 갑자기 절연하자는 말씀이세요?" 은은 망연하게 그녀의 부른 배를 쳐다보았다. 은에게는 태어날 첫 조카의 얼굴을 보지 못한다는 아쉬움 외엔 별다른 미련이나 앙금이 없었다. 그녀는 학교 가야 한다며 서둘러 가족과 헤어졌다. 가족이라니! '형식적으로 마주쳐야 했던 사람들과 더 이상 얽매이지 않겠어. 도망치는 건 아냐! 영덕으로 가겠어. 거기가 어떤 덴 줄 모르지만 무조건 떠나겠어. 이번 학기까지만 다니고 학교도 그만두겠어.' 은은 모처럼 모질

    김이듬

정도로 과감한 결정을 내린 자신이 마음에 들었다.

　　7.

　　학과 사무실에서는 조교가 통화 중이었다. 수강신청서를 든 학생들이 툴툴거렸다. 은은 개강 둘째 주부터 부친상으로 휴강한 게 맘에 걸렸다. 조교에게 물어 보강 일시를 확인하고 나오려는데 곽창호 교수와 마주쳤다.

　　"정은 선생님, 시간 있으면, 제 방 가서 차 한잔하시죠." 창호가 말하는 방은 일반적인 교수 연구실과 유사하면서도 사뭇 다르다. 방문을 열자 서적이 빼곡한 큰 책장들이 보인다. 접이식 하얀 파티션을 지나 안쪽으로 들어가자 창가에 커다랗고 고급스러운 크림색 소파가 놓여 있다. 관록 있는 작가의 서재에서나 볼 법한 널찍한 오크 원목 책상, 그 위엔 서너 권의 책이 흐트러짐 없이 쌓여 있고 장식이 있는 둥근 갓의 무드등과 사진 액자가 세워져 있다. 액자에는 창호의 아내가 드레스 차림으로 웃고 있다. 방금 성황리에 연주회를 끝내고 관객석을 향해 웃는 소프라노 가수 같다.

"장례식은 잘 치르셨어요? 삼가 조의를 표합니다. 조교한테서 화환 얘기를 전달받았는데, 그게 말입니다. 학과 규정상 정교수, 부교수까지는 부모상에 화환을 보내지만, 강사의 경우엔 그렇지 않아서요. 겸임교수나 객원교수도 마찬가집니다. 어찌할 도리가 없더라고요. 그래서 저 개인적으로 적게나마 조의금을 준비했으니 받아주세요."

창호가 은에게 흰 봉투를 내민다. 은은 물끄러미 창호의 말쑥한 얼굴을 쳐다보다가 봉투를 받고 고개 숙인 뒤 몸을 돌려 문 쪽으로 걸어간다. "아, 잠시만요. 드리고 싶은 말씀이 남았으니, 여기 좀 앉으시죠." 창호는 은을 불러 세우고 소파를 가리키며 말한다. "정 선생님도 소설을 쓰시는 분이라고 들었습니다. 신춘문예 최종심에 오른 적도 있다면서요?" 은은 소파에 앉아 손바닥으로 가죽 질감을 가늠한다. "요즘은 펜을 놓고 있어서요. 글을 쓴다고 말할 수도 없습니다." "쓰신 작품을 보여주시겠어요? 제가 퇴고를 도와드릴 수 있습니다. 등단도 하셔야죠. 강의 마친 저녁 시간엔 여유가 있으니 언제든지 여기 오셔서 함께 원고 보며 얘기도 나누시게요." 은이 작년까지 출강했던 H전문대학에서 P대학으로 옮겨 강의를 맡게 된 건 올해가 처음이다. "감사하지만…… 개강 초라 경황없으니, 학기가 끝날 무렵에 연락드려도 될까요?"라는 말을 남기고 은은 창호의 연구실에서 나왔다. 은은 유명 대학 문예창작과 재학 시절에 신춘문예로 등단하여 메이저 출판사에서 대여섯 권의 소설책을 출간한 중견작가이자 교수인 창호가 자신에게 관심 갖는 게 부담스럽다. '요즘은 소설 발표도 안 하는 것 같던데…… 소설책을 낸 지도 오래된 것 같던데…… 가르치는 일에만 전념하나? 안정적인 교수직에 매몰되었나?' 은의 머릿속에 의구심 소용돌이가 생겼다. '소설창작 과목 수강생도 많을 텐데, 시간강사 중 하나일 뿐인 나까지 챙겨주려 하다니! 남달리 배려심 깊은 분인가?' 은은 소설 쓴 지가 언제인지 정확히 생각조차 나지 않는다. 연말이 다가오면 잠을 설치며 신춘문예에 투고할 원고를 붙잡고 마감 일자를 체크하며 안달복달했던 게 전생처럼 아득하게 느껴진다. 서울을 떠나 바닷가 마을에 가면 새로이 소설을 쓰리라고, 그거 말고는 다른 꿈이 없

다고 자신의 내면에서 들려오는 소리가 복도에 울릴까
봐 두리번거린다.

　8.

　'입동이다. 내가 영덕에 뿌리를 내린 지 70일째다.' 일
기의 첫 문장을 써놓고 은은 피식 웃는다. '내가 뭐 식물
인가? 뿌리 타령이라니.' 그녀는 책상 너머 창밖으로 시
선을 돌린다. 환하게 전구들을 매단 배가 밤바다에서 움
직인다. 마이크로 뭐라고 주의사항을 알려주는 선상에
서의 소리가 여기까지 들리는 걸로 봐선 낚시객들을 태
운 어선이다. '무늬오징어 잡나? 저들은 목적이 있어 저
러는데, 나는 뭘 하려고 여기에 있는가?' 턱을 괸 채 은
은 자문한다. 그녀는 은둔자나 피신자가 아닌데, 숨은 듯
조용히 지내는 나날에 익숙해지고 있다.
　마치 야간통행금지 규칙이 있는 것처럼 마을은 무서
울 정도로 적막하다. 해가 지면 주민들이 집 밖으로 나
오지 않는 데는 어둡고 미끄럽고 좁은 비탈길 때문이기

도 하겠지만, 초저녁에 자고 동트기 전에 바다로 나가던 그들의 오랜 생활에 기인한다. 그치지 않는 파도 소리로 적막은 더 깊어진다. 길고양이 몇 마리가 집 뒤 대숲에서 운다. 글쓰기에 참 좋은 환경이다. 며칠 전부터 소설 창작에 착수했지만 아직 10매도 쓰지 못했다. 신춘문예 마감일이 다음 달에 다 몰려 있는데, 올해도 이대로 끝나나 싶다. 하긴 소설가가 되면 뭐 하나. 곽창호 같은 개자식이 소설가랍시고 한 짓을 생각하면 세상 끝이라도 가서 찾아내 죄를 물어야 한다. 은은 다만 일기라도 매일 메모 수준이나마 쓰고 있다. 어제의 일기장에는 이렇게 짤막하게 적혀 있다. '이 마을 사람들처럼 나도 일찍 자고 일찍 깨어나는 습관이 생겼다. 나도 이 마을 시간의 궤도에 결속되었나 보다. 어쩌면 어촌 노인으로 늙어가는 중. 규칙적으로 잠을 자서 그런지 브레인 포그 현상이 사라졌다.' 그 전날의 일기는 길기도 하다. 은은 일기장에 날짜와 날씨부터 적는다. '2024년 11월 5일, 흐린 후 맑음. 군내 버스 타고 영해만세시장에 갔다. 장날이라고 명자 언니가 같이 가자고 했다. 영해의 옛 지명이 예주라는 걸 알았다. 그 이름이 더 예쁘다. 왜 만세시장이라는 이름이 붙었는지도 알게 되었다. 내가 아지매들한테 명자 언니, 미옥 언니라고 부르는 걸 이젠 그분들도 편하게 받아들이는 것 같다. 우리 셋이서 장터 칼국수 먹고 시금치 씨앗 사고 포근한 스웨터도 샀다. 내가 노점 앞에서 곧바로 셔츠 위에 빨간 스웨터를 겹쳐 입자 미옥 언니는 나한테 나가는 여자 같다고 했다. 무례한 건지 친근한 건지……. 청치마에 빨간 스웨터 입으면 다 다방 레지예요? 내가 눈을 치켜뜨고 말하자 명자 언니가 너무 재밌어했다. 영덕이든 영해든 이 동네엔 젊은 여자는 거의 없다고 했다. 젊은 여자가 돌아다니면 다방 다니는 여자로 여긴다고 했다. 설마?' 그저께의 일기를 읽다 말고 은은 냉장고 앞으로 가 맥주 한 캔을 꺼낸다. 냉장고 안에 있는 가자미 두 마리를 냉동실로 옮긴다. 며칠 전에 병국이 갖다준 냉동 가자미가 살짝 녹아서 비린내를 풍긴다. 병국은 이 집 리모델링할 때 일했던 인부 중 한 명이다. 사람들은 그를 소장님이라고 불렀다. 그는 쉰 살 남짓으로 고등학교 다니는 딸 하나와 영덕 보건소 근처에 산다. 그가 젊었을 때는 편의점과 카페를 운영했으나 사기를 당했고 지금은 공사판을 전전하는데, 이 동네 일이라면 어느 집 구멍 난 방충망 땜빵부터 마을회관 증축 공사 같은 대형공사까지 도맡아서 한다. "이 근방에선 병국이 일솜씨가 최고지. 좋은 자재 쓰는데 비싸게 받지 않아. 사람 성품도 좋잖아." 이장의 말을 믿고 은도 병국에게 집수리를 맡겼다. 8월 말에 그가 동업자와 함께 은의 집에 와서 견적을 뽑고는 추석 전에 마무리할 수 있다고 호언장담했을 때만 해도 은은 그의 말을 신뢰하지 않았다. 하지만 그는 시원시원하게, 그러면서도 꼼꼼하게 일했다. 공사를 시작했던 날, 병국이 은을 불렀다. 은은 주방에서 호빵을 찌고 있었다. 자기 나름 새참을 준비하는 거였다. "여기 와보세요!" 병국은 귓바퀴에 꽂고 있던 연필을 바닥에 놓았다. 데구루루, 연필이 바다 쪽으로 굴러갔다. "집주인 의견은 어떠세요? 이 집 거실 바닥이 이렇게 기울어져 있으니, 바닥 공사도 해야겠죠? 생각보다 일이 커지겠습니다. 바닥 장판 걷고 시멘트를 부어 평평하게 만들어야죠. 현관도 넓혀야 하고 발코니도 만들어야 하고……. 아, 화장실도 이대로 두면 무너지니까……. 보통 일이 아니겠네요." 병국은 모자챙을 들었다가 놓으며 은을 쳐다본다. 모자로 덮인 그의 머리에는 머리카락이 없다. 크지도 작지도 않은 키에 검게 탄 얼굴, 앞니가 듬성듬성하다. 선량해 보이는 눈이 웃으면 초승달이 된다. 은은 그가 거짓말하거나 허풍 떨 사람은 아니라고 생각한다. "굳이 화장실은…… 화장실은 멀쩡하잖아요. 제 생각엔 세면대만 만들고 거울 붙이고 수건 넣을 장을 붙이면 좋겠어요." "안 됩니다. 화장실은 집을 다 지은 이후에 덧달아놓은 공간이에요. 옛날에 주먹구구로 공사했잖아요. 살다가 필요하면 화장실 덧붙이고 창고 만들고 그랬던 거라 굉장히 부실해요. 벽에 잔뜩 금이 가 있잖아요. 저러다가 무너지는 건 한순간입니다." 병국은 건축 전문가처럼 선명하고 정확하게 진단했다. 그는 건축학과 근처에도 안 가봤지만 15년 노가다 경험치로 다 안다고 했다. 그러면서 은의 이웃 어르신들에게도 일감을 줬다. 어떤 주민은 시멘트와 모래를 섞어주고 어떤 이는 방수 페인트 통을 들고 다녔다. 어떤 이는 발코니 마루가 될 나무판자를 토치로 구웠다. 미옥은 회덮밥을 지어 인부들에게 주었다. "내 딸, 내 손녀, 혈육이 살 집이라고 여기고 다 같이 집짓기를 도와주십시오." 병국이 종종 이 말을 외쳤다. 그는 선

거철에 나온 군수처럼 허리를 90도로 굽히며 주민들에게 소일거리와 일당을 줬다. "소장이 서울서 온 처자한테 마음 있는 거 아냐?" 그런 말을 하는 이도 있었다.

정말로 추석 연휴 전날에 리모델링이 마무리되었다. '기적'은 이럴 때 쓰는 단어인가? 병국이 보름 동안 매일 아침부터 늦은 저녁까지 공사에 매달린 덕분이었다. 비 오는 날은 병국 혼자서 일했다. 그는 집 안에서 은을 위해 은에게 최대한 방해가 안 되게끔 작은 방에서 방문을 닫고 창문만 열어놓은 채 나무로 책장이며 선반들을 짰다. 발코니 천장에 붙일 나무를 대패질할 땐 집 밖까지 편백나무 향이 번졌다. 은은 불어나는 공사비가 심히 걱정되었다. 그녀가 시간강사로 일하며 한 푼 두 푼 모은 돈을 몽땅 합쳐도 줘야 할 돈이 모자랐다. 18년 이 학교 저 학교 뛰어다니며 밥을 굶고 일했지만, 친구의 명품백 하나 값도 안 되는 생활비로 몇 달을 버티곤 했지만 적금을 깨도 돈이 모자랐다. 병국이 자신의 인건비는 천천히 받겠다고 했지만, 은은 속히 자서전을 대필해서 회장님한테서 원고료를 받아내야겠다고 결심했다.

현관문을 다는 일로 마지막 작업이 끝났다. 청회색 녹이 슬고 아귀가 맞지 않아 삐걱거리던 철문을 노란 철문으로 교체했다. 최신형 도어락을 달았다. 현관문 옆에 빨간 우체통도 붙였다. "우체통은 제 선물입니다. 쿠팡으로 샀어요. 맘에 드시나요? 이 집으로 좋은 소식이 많이 날아들길 기원합니다." 병국은 전동드릴 든 왼손을 흔들며 오른손을 은에게 내밀었다. 악수하는 은의 눈에 눈물이 고였다. 세상에 태어나서 처음 가져보는 집이었다. 더는 떠돌이, 보따리장수가 아니어도 되는 자신의 운명에 감사했다.

9.

올해 7월에 강사직을 그만두면서 은은 강사 단톡방에서 나갔다. 동시에 소설 창작 문청 모임인 '소작인' 단톡방에서도 나갔다. 올케가 초대했던 가족 단톡방에서 나가기 누른 이후로 하나둘, 그렇게 빠져나갔다. 인스타그램 앱도 삭제했다. 유일하게 남은 방은 오랜 친구들과의 단톡방뿐이었다. 은의 절친은 사춘기 때 만난 친구 셋이다. 정아, 소희, 지미. 은이 어른이 되어 만난 친구들에게 기쁜 일이 생기면 축하해 주며 배가 조금 아픈 반면, 이 친구 셋한테는 순도 100퍼센트의 축하가 가능했다. 그들은 몇 번이나 영덕에 오겠다고 야단이었다. 난데없이 강의는 왜 그만뒀냐, 학교에서 잘렸냐, 영덕이 웬 말이냐, 차라리 속초나 양양으로 가라, 냉장고 택배로 보냈다, 그 촌구석에서 답답하고 외로워서 어떻게 사냐, 전화 좀 받아라, 돈 빌려주겠다, 우리가 집 공사 도와주러 가겠다, 뭐 필요한 거 없냐, 이렇게 요약 반복되는 친구들의 집요한 문자에 은은 드디어 친구들을 초대했다.

"대박! 이 포도, 이 세상 맛이 아니잖아." 소희가 포도나무에서 딴 한 알을 입에 넣고는 기절하는 시늉을 한다. 은이 말했다. "그날, 8월 말에 망원동에서 차에 가득 이삿짐 싣고 왔던 날에 비가 퍼부었거든. 그날 저녁에 뒤뜰에서 처음에 이 포도나무를 봤을 땐 말라 죽은 건 줄 알았어. 동네 사람들 말로는 이 나무에서 열리는 포도, 온 마을 사람들이 다 같이 나눠 먹고도 남아 포도주도 만들었대. 이젠 두 그루만 살아남았지만."

네 명의 친구들은 사랑스러웠지만, 스스로는 사랑스러운 줄 몰랐던 중학생 시절로 돌아갔다. 옛날처럼 자주 만나기로 한다. 영덕에 아지트가 생겼으니 최소한 한 달에 한 번은 여기서 모이기로 한다. 화단을 꾸미고 텃밭도 만들기로 한다. "봄이 오면 여기저기 야생화가 지천이랬어." 진짜로 봄날엔 처치 곤란일 정도로 천지에 머위와 해풍 맞은 쑥 등이 자생적으로 자라는 마을이다. 그들은 마당 평상에 도란도란 앉아 따뜻하고 달콤한 밀크티를 마신다. 병상에 있는 기태 아버지가 한창일 때 심었던 감나무에 셀 수 없이 많은 감이 주황빛 등을 켜들고 있다. 지겨울 만도 한데 바다는 아무리 봐도 신선하며 아름답고 친구들도 그러하다. "동해안이라 추울 줄 알았는데, 난류가 흐르나? 별로 안 춥네." 지미가 무릎 담요로 어깨를 감싸며 말한다. 눈가에 주름살이 생겼어도 보조개며 미소는 여전하다. "들어가자. 테라스에서 와인 한잔할까? 내가 몇 병 챙겨왔어." 정아는 족저근막염에 걸린 발을 주무르며 제안한다. "넌 마시면 안 돼. 참아! 약 먹고 있잖아. 대신 내일 축산항 가서 대게 사줄게." 지미가 팔로 정아의 어깨를 감싼다.

누구라도 은의 집 테라스에 앉아보면 신음 같은 감탄이 저절로 흘러나온다. 더구나 가을밤이라면 "여기가 낙원이다!" 소희처럼 이렇게 중얼거리는 것이다. 테라스는 거실에서 바다 쪽으로 튀어나온 꽤 넓은 공간이다. 바닥엔 도톰한 초록색 러그가 깔려 있고 천장엔 세 개의 마카롱 모양 전등. 바닥과 천장은 편백나무로 마감되었다. 하지만 자재비 아끼려고 아크릴 패널로 양쪽 벽면을 세운 건 실수였다. 목재와 아크릴은 가연성이 높다. 아무튼 통유리창 너머 바다가 정원처럼 펼쳐져 있다.

지미는 주방으로 가서 파티라도 할 것처럼 케이크와 와인, 과일이 가득한 상을 들고 오고 은은 안방으로 가서 기타를 들고 온다. "맞아, 음악이 있어야 완벽하지." 정아가 파도 소리를 줄이려고 창문을 닫는다.

"아직은 잠들지 말아요.

바람이 불잖아요.

먹구름이 물러가네요.

나쁜 기억들도 잊힐 거예요.

아직 잠들면 안 돼요.

파도가 밀려오잖아요.

그리운 사람이 돌아오네요.

아아, 아직은……."

은은 오래전처럼 자작곡을 부르며 빙하 깨지는 소리를 듣는다. 슬프고 애통했던 시간의 쇄빙선은 지나가고 자기 생의 바다에도 난류와 훈기가 흐르는 걸 느낀다.

10.

"여긴 저희가 찾는 어촌 이미지 그대로입니다. 수려한 풍경도 좋지만……. 바위에 다닥다닥 붙은 따개비처럼 절벽에 촘촘히 지어진 집들, 구불구불한 골목길, 이웃들 간의 다정한 느낌, 이런 델 우리는 찾고 있었거든요. 일부러 만든 세트장 같아요." 현우의 말을 듣는 둥 마는 둥 석리 이장은 걸려온 전화를 받으며 휘적휘적 마당으로 나가 처마 밑에서 담배에 불을 붙인다. 그는 군청에서 받은 협조요청 건으로 현우를 은의 집 발코니로 데리고 왔다.

　현우는 은을 보며 동의를 구하듯이 말한다. "여긴 산토리니보다 비밀스럽고 프라하보다 원시적이잖아요. 밀란 쿤데라는 프라하가 세상에서 가장 에로틱한 도시라고 했지만, 그가 이곳 따개비 마을에 와봤다면 여기를 가장 은밀하며 에로틱한 곳이라고 말했을 겁니다."

　"그래서 이 마을을 배경으로 영화를 찍을 작정이신가요? 어떤 장르 영화예요? 근데 마을 안에는 찻길 없어 카메라며 영화 관련 장비들 옮기기 어려울 텐데요."

　"제가 장소 헌팅 중이라 확정할 수는 없습니다. 남해, 통영 쪽 해변 마을로도 가볼 거라서요. 그치만 제 눈엔 여기가 촬영지로 딱이네요. 영화 내용은 좀비 바이러스에 감염된 사춘기 소녀가 어촌 할머니 댁에 와서 티격태격 생활하는 얘깁니다."

　"호러 영화예요?" "그건 아니고 휴머니티가 강조되는 훈훈한 코믹 영화가 될 겁니다. 좀비 소녀가 바다 마을에서 생활하며 인간성을 되찾는 스토리거든요." 이장이 들어와서는 현우에게 묻는다. "이 집이 영화 속 할머니 집으로 적격일 것 같은데……. 아, 정은 씨, 내가 맘대로 이 사람을 집에 데리고 와서 미안해요. 영화 찍을 만한 집을 소개해 주라고 군청에서 연락이 왔기에……. 오늘 점심때 이 사람을 만났거든. 노물리 갔다가 해파랑길 걸어오는데 비가 쏟아지지 뭐야. 아참, 이 사람은 서울에서 온 영화감독이래.” “하하하, 제가 감독은 아니고요. 로케이션 헌팅 중입니다.” 은은 현우가 내민 명함을 받아 들고 그를 뚫어지게 쳐다본다. ‘저 사람 어디선가 본 것 같은데…….’

볼일이 있다며 급히 나가는 이장을 문 앞까지 배웅하고 들어온 현우는 조심스레 집 안을 둘러본다. “사진 좀 찍어도 괜찮습니까? 감독님한테 전달해 드리게요.” 그는 발코니를 향해 말을 하며 안방 침대 곁에 세워진 기타를 유심히 쳐다본다.

비바람 부는 초겨울 저녁, 순식간 날이 어두워질 것이다. 은은 현우를 매몰차게 쫓고 싶지 않다. 이 마을에서 하룻밤 자고 갈 만한 데가 있을지 곤란한 표정 지으며 물어보는 현우에게 은은 자신의 집에서 묵어가라고 한다. 현우는 1박에 10만 원을 주겠다고 했고 은은 그 돈을 계좌이체로 받았다. 자신은 아랫집에 가서 자면 된다고 했다. 두 사람은 늦은 저녁으로 라면을 끓여 먹으며 소주 한 병을 비웠다.

"기타가 있더라고요." 현우가 엉거주춤하게 움직여 기타를 들고 온다. '저 사람이 시종일관 겸손한 태도를 갖고 있다고 생각했는데, 이유가 따로 있었네.' 은이 신비로운 화석을 발견한 지질학자처럼 만족스러운 듯 뺨을 붉혔다. 현우의 키로는 이 집에서 허리 세워 설 수 없었다. 천장이 낮은 집이라서 그는 고개를 숙인 채 이동해야 했다. 지붕으로 떨어지는 빗소리가 잦아들고 있었다. 은의 기타는 올솔리드로 조율이 잘 되어 있었다.

"제임스 테일러의 〈파이어 앤 레인〉이라는 노래 아세요?" "그럼요. 제가 좋아하는 곡이에요." 은은 머리칼을 귀 뒤로 쓸어 넘기며 귀담아들을 준비를 한다.

"얼마 전에 그대가 떠났다는 소식을 전해 주었어.

오늘 아침 나는 나왔고 이 노래를 적어 내려갔지.

하지만 누구에게 보내야 할지 알 수 없었네."

은은 아주 낮은 소리로 노래에 코러스를 넣었다.

"오, 나는 불을 봤고 비를 봤어.

영원할 것 같던 햇살 쏟아지던 날들도 봤고

친구를 찾을 수 없었던 외로운 시간들도 봤어.

그래도 난 항상 너와 만날 거라,

다시 한 번 더 만날 거라 생각했어.”

현우의 목소리는 낮고 깊고 허스키했다. 그는 영화과 졸업영화제에서 노래한 적도 있다. “내일 아침에 가실 때, 열쇠는 화분 아래 두고 가시면 됩니다. 편히 주무세요!” 은은 현우에게 보일러 끄는 법, 커피머신 사용법 등 몇 가지 주의사항을 주고 집에서 나왔다. 우산을 폈지만 비는 그쳐 있었다.

11.

치매의 첫 신호는 후각의 마비다. 최분순은 더 이상 바다 내음도 담장의 덩굴장미 향도 맡지 못한 지 오래되었다. 동네 사람들 이름은 기억나지 않을 때가 많지만 자신이 주워 키우는 고양이 이름은 한 번도 잊은 적 없다. 그러니까 치매 기운이 심각한 수준은 아니라는 말. 동네 사람들이 최분순을 가리켜 백 세 무당이라고 하지만 실제 그녀의 나이는 98세이며 이미 20년 전부터 신

점이나 굿을 멀리해 왔다. 자신에게서 신이 떠난 걸 알아챘기 때문에.

은이 현우에게 하룻밤 방을 빌려주고 분순의 집에 와서 자고 가겠다는 말을 하러 왔을 때, 분순은 이부자리에서 잠들어 있었다. 초저녁에 자고 새벽같이 일어나는 습관이 오래되었다. "그러렴, 윗목도 따뜻할 거야. 장롱에 이불 많으니 펴고 자!" 은이 이따금 와서 자고 가겠다고 해도 이유나 상황을 묻지 않는 분순. 두 사람이 손녀딸과 할머니처럼 허물없이 지내게 된 늦여름 지나고 급박히 가을로 접어든 무렵이었다. 경계심 많은 분순은 노인보호센터에서 돌아오는 길, 골목에서 만난 은이 자신의 팔을 부축해 줘도, 서울에서 선물 받아온 홍삼절편을 줘도, 리본 달린 도톰한 조끼를 줘도 시큰둥했다. 그러던 어느 날 은은 해녀가 준 문어 삶아 먹고 체해 사색이 되어 배를 움켜쥔 채 분순의 집 문을 두드렸다. 분순은 마루에 담요를 길게 펴고 은을 눕게 했다. 익숙한 동작으로 은의 배를 주무르며 눈을 감고 입술 달싹이며 뭐라고 중얼거렸다. 은을 앉혀놓고 양쪽 엄지발가락을 바늘로 땄다. 검은 피를 짜냈다. 은은 씻은 듯이 나았다. 분순은 젊은 시절에 한밤중에도 동네 아이들이 아프면 불려 가 펄펄 끓는 체온을 내렸다. 이웃 노인들의 구토를 낫게 했다. 정신질환으로 날뛰는 사람을 잠잠하게 했다. 한 달 넘게 고기를 못 잡아 일가족이 굶어 죽게 된 처지였을 때 분순 할머니가 굿을 했고 다음 날 그물이 터질 정도로 만선으로 돌아온 자신의 경험을 은은 옆집 명자의 입을 통해 직접 들었다. 은은 자신의 집에서 몇 발짝 내려가면 닿을 수 있는 곳에 할머니가 사는 게 인생의 횡재 같았다. 생모 없이 자란 은에게 분순은 엄마이자 할머니이자 친구 같았다. 분순이 빨랫줄에 말리고 있던 가자미를 주면 맛있게 찌개 끓여 들고 가 둘이서 밥통을 비우는 게 즐거웠다. 둘이서 3리터짜리 정종 꺼내놓고 천천히 마신 적도 있었다. 그럴 때면 분순은 〈울산 큰애기〉를 부르곤 했다. 백 세라고 믿을 수 없을 정도로 카랑카랑한 음성으로, 음정도 틀리지 않았다.

은은 종종 분순과 한방에서 자는 걸 좋아했지만, 냄새를 참는 게 가장 큰 곤혹이었다. 마치 백 년 묵은 시체에서 나는 냄새처럼 분순의 방엔 온갖 냄새로 가득했다. 덮고 있는 이불에서도 곰팡내가 심했다. 분순은 환기라는 개념조차 모르는 사람 같았다. 아랫목에서 잠든 분순이 중얼거린다. 은은 팔꿈치를 괴고 누워 분순을 바라본다. "십자가, 목사놈, 여기는 안 돼……." 뭐 이렇게 잠꼬대하는 걸로 봐서 저 위쪽 7번 국도변에 짓고 있는 교회 건물 때문에 심사가 복잡한 모양이었다.

설마 진짜로 곽창호가 목사가 되었을까? 그가 슬며시 학교에서 자취를 감추고 개척교회인가 하는 데서 목회한다는 소문이 있었다. 파렴치한 성범죄자가 설교하는 장면을 상상하니 도저히 참을 수 없었다. 은은 확 잠이 달아나 벌떡 일어나 앉았다. 올 삼월, P대학 그의 연구실에서 얘기 나눈 이후, 하루도 빠짐없이 창호는 아침 정각 8시에 은에게 카톡을 보내왔다. 『성경』 구절이었다. 「창세기」 1장 1절부터 3절까지가 첫 카톡이었다. 은은 창호의 신실함과 성실성에 매일 아침 비명을 지르고 싶었다. 1학기가 끝나갈 무렵, 강의를 위해 출근하니 복도에는 학생들이 웅성거렸고 학과 사무실엔 교수들이 들락거렸다. 창호가 소설 쓰는 학생들을 자신의 연구실로 불러 소파에 앉혀놓고 있을 수 없는 짓거리를 했을 뿐 아니라 모텔을 드나들었다는 것. 연애를 해야 소설을 잘 쓸 수 있다며 한 학생만 꾄 게 아니라 대여섯 명의 학생들과 돌아가며 남몰래 그 짓을 해왔다는 것이다. 사귀던 애가 교수와 모텔에서 나오는 걸 본 남학생이 문제를 제기했지만, 더 큰 문제는 학교 측에서 일이 외부로 알려지기 전에 그에게 자진해서 사퇴서를 내고 학교에서 조용히 떠나라고 했다는 것. 그의 성추행 성폭행 사건은 전혀 언론에 보도되지 않고 흐지부지 묻혔다. 학생들의 동요나 사후 대책에 관해서 은은 개입하지 않았다. 왜냐하면 그녀도 학교를 그만두었기 때문이다. 그녀는 자신이 비겁하다고 생각하며 학교를 떠났다. 18년간의 강사직은 P대학을 마지막으로 추잡하고 역겨운 종지부를 찍었다. 은이 영덕으로 올 계획이 있어 자진해서 그만두었지만, 그렇지 않았다고 해도 그녀는 학교에서 잘렸을 것이다. 학과 측에서 2학기 작문 강의를 그녀에게 주지 않았을 것이다. 학과의 추문을 알고 있는 시간강사가 어떤 말썽을 일으킬지 불안했을 테니까.

도무지 잠들지 못한 채 뒤척이다가 은은 바깥으로 나와 밤바다를 보며 석동 방파제까지 내려갔다. 맨발에 슬리퍼가 미끄러웠다. 12월 해풍치고는 그리 차갑지 않았다. 방파제에는 서너 명의 낚시꾼들이 바다 쪽으로 돌아서 있었다. 은은 방파제 끝에서 마을을 바라보았다. 자그마한 마을, 작은 집들이 비탈진 바위 야산에 옹기종기 모여 있었다. 불 켜진 집은 하나도 없었다. 해녀 언니네 창문으로 텔레비전 불빛이 새어 나왔다.

"왜 안 자고 나오셨어요?" 불쑥 옆자리로 다가선 목소리의 주인공은 현우였다. 현우도 잠이 안 와서 바람 쐴 겸, 밤의 마을 전면을 볼 겸 내려왔다고 했다. 그는 DSLR로 밤 풍경을 찍고 있었다. 은은 카메라를 든 현우의 뒷모습을 자신의 휴대폰 카메라로 찍었다. 뒷모습이 멋진 남자라고 생각했다. 폰을 다시 추리닝 바지 주머니에 넣으려는데 벨이 울렸다. 고정아라는 이름이 떴다. '얘가 이 밤에 뭔 일이래? 저번에 왔을 때 뭘 두고 갔나?' 은은 천천히 전화를 받았다. "야, 정은! 왜 이리 전화를 늦게 받아? 큰일 났어. 큰일 났다고. 방금 대통령이 텔레비전 생중계로 비상계엄령을 선포했어. 너 몰랐지? 당장 폰으로 확인해 봐. 뉴스 들어! ……" 뭔 헛소리인가 하며 은이 폰을 귀에 붙인 채 휘둥그레 현우를 보았다. 현우도 통화 중이었다. "저 지금 서울로 가봐야겠습니다. 비상계엄이라는데…… 도대체 무슨 상황인지…… 홍 감독님과 촬영 팀이 모여 있다네요. 저도 올라가 봐야겠어요. 몸조심하시고요. 다음에 봐요.”

12.

    현우와 은은 광화문 광장에서 다시 만났다. 서로 새해 인사를 하긴커녕 화난 얼굴로 대통령 탄핵 구호를 외쳤다. 살을 도려낼 것 같은 추위에 두 사람의 뺨은 새빨갰다. 하지만 집회현장에서 만난 서로에게 새삼스럽게 친근감과 결속감이 발생하는 걸 느꼈다. 은은 흥겨운 음악에 맞춰 응원봉을 흔들다가 주저 없이 현우의 커다란 파카 주머니에 왼손을 넣었다. “아, 따뜻하다. 우리 내일도 여기서 만나요!” “뭐라고요? 사람들 소리, 스피커 소리 때문에 말소리가 잘 안 들려요.” 말이 안 들려도 언어가 안 통해도 두 사람 사이에는 우정의 전류, 그리움의 시간이 흘렀던 걸까? 자신보다 상대방의 입장과 처지가 더 우선으로 여겨진다면 서로는 친구가 되었다는 증거.

새롭게 다시 시작하는 마음으로 현우는 시나리오를 쓰기로 했다. 웹소설이나 웹툰을 원작으로 하는 영화가 나쁘지는 않지만, 홍 감독과 점점 의견이 엇갈리면서 함께 작업하는 일이 즐겁지 않았다. 상업적 흥행도 중요하지만 그보다 더 중요한 게 있다고 현우는 생각했다. 뜻이 있는 곳에 길이 있다는 말이 난생처음 맞았다. 두 사람의 상황과 일정이 딱 일치했다. 현우는 3월 1일부터 영덕에 있는 은의 집을 작업실삼아 원고를 쓰기 시작했다. 우선 한 달 치 작업실 임대료를 은에게 지불했다. 은은 안 받겠다고 했지만, 친구 사이에 돈 문제는 정확해야 한다는 고루한 말로 현우는 적당한 금액을 은의 계좌로 송금했다. 때마침 은은 간단한 짐만 싸서 도곡동 오피스텔로 들어가게 되었다. "현우 씨, 나 이럴 줄 몰랐네. 강남에서 살아보게 되었어……." 은이 강남역 1번 출구 앞에서 현우를 기다렸다. "스타벅스에 들어가서 기다리라고 했잖아요. 날도 추운데, 옷은 왜 이리 얇게 입고 다녀요?" 현우가 잠바를 벗어 은의 어깨를 덮어준다. 은은 도로 그 옷을 현우에게 준다. 그녀는 2월 25일부터 한 달 동안 방송작가와 함께 오피스텔에서 지내며 박 회장

의 자서전을 완성해야 한다. 작년부터 서울과 영덕을 오
가며 9회에 걸쳐 박 회장과 만나 인터뷰했던 일이 마무
리 단계에 왔다. 박 회장 측은 은에게 다른 작가 한 명과
합숙하며 책을 마무리지어 달라고 요청했다. 며칠 전, 박
회장의 비서가 설날 보너스가 든 봉투를 내밀며 오피스
텔 월세 같은 건 전혀 신경 쓰지 말고 일정에 맞춰 입주
하라고 했다. 은은 그들의 제안을 수락했다. 그녀는 박
회장과의 대화 녹취본을 들어가며 창업 스토리와 경영
철학을 서술해 가는 데 한계를 느끼던 참이어서 속히 원
고를 털고 싶었다.

　　13.

'바다가 이렇게 예뻤나?' 바다가 내는 음역을 받아 적
고 싶다고 현우는 생각했다. 이즈음의 바다는 겨울과
봄의 소리를 혼합하여 들려준다. '봄비가 오면 좋겠는
데…… 3월 들어 비다운 비 한 번 내리지 않네. 오래 가
물어서 바닷물도 줄어든 것 같은데…….' 현우는 은이

쓰던 조그맣고 동그란 방석에 앉아, 은이 치던, 윤이 나는 기타를 안고 연주한다. "비가 내리고 음악이 흐르면 난 당신을 생각해요."

현우는 자신이 쓰고 있는 시나리오를 네오리얼리즘 경향이라고 평가해 준 은의 얼굴을 떠올리며 빙긋 웃는다. 현우의 시나리오가 소름 끼치도록 현실적이면서도 몽상가나 이상주의자적 경향이 있다는 지적도 해줬다. 대학을 졸업한 주인공이 편의점 알바나 전전하다가 취업차 동남아로 가서 갖은 고생 끝에 살인사건에 휘말리는 스토리였다. 영화로 제작한다면 후반부엔 해외 로케 촬영이 많을 텐데, 어떤 제작사가 선뜻 나서기나 할까. 은과 현우는 얼마 전부터 이메일로 자신들의 원고를 보여주고 있다. 은은 대기업 회장의 자서전 원고를 무사히 탈고했다. 박 회장이 46세에 무역업으로 도전을 시작해 사업 위기를 극복해 낸 이야기를 1부로 해서 총 3부로 구성된 책이다. 예정대로라면 은은 어제 오후에 영덕으로 돌아가야 했다. 하지만 일을 끝낸 걸 축하하며 공동저자인 솜과 오붓하게 홈 파티를 했다. 출판될 박 회장의 자서전에 정작 자신들의 이름이 들어가지 않는 점을 은은 아쉬워했고 전직 방송작가였던 박솜은 천만다행이라고 했다. "우리는 유령작가네요." 은이 솜에게 말하자, 솜은 자기 존재 자체가 유령 같다고 했다. 은이 자신의 방으로 와서 큰 가방에 짐을 챙겨 넣을 때는 깊은 밤이었다. 건조대에 널어놓았던 수건이며 양말 따위를 개키며 휴대전화로 심야뉴스를 보았다. 안동에서 대형 산불이 났다고 했다. 산불이 하회마을 등 세계문화유산으로 근접하다가 다행히 소강상태를 보인다고 했다. 은은 새벽에 깨어 찬물을 마셨다. 숙취 때문인지 편두통이 일었다. 그녀는 다시 뉴스를 확인했다. 안동 산불이 강한 바람을 타고 의성으로 옮아가고 있다고 했다. 걱정과 두려움이 몰려왔다. '우리나라가 미국도 아닌데, 무슨 대형 산불이지? 인명 피해는 없어야 할 텐데…… 영덕은 괜찮겠지? 일단 잠을 자야 해. 긍정적으로 생각하자.' 은의 우려는 사그라들며 내일이면 만날 현우 생각에 가슴이 부풀었다.

14.

경정해변까지는 집에서 걸어 30분도 걸리지 않았다. 방탄소년단이 뮤직 비디오를 촬영한 곳이라고 해서 아침 일찍 현우는 등산화를 신고 해안 길을 걸었다. 군데군데 초소가 있었다. 아무도 없는 초소가 절반 이상 허물어져 있었다. 경정해수욕장은 아담하고 인적이 드물었다. 해수욕장 모래 위에 앉아 자잘대는 윤슬과 갈매기 떼를 보았다. '가장 높이 나는 새가 가장 멀리 본다'는 문장이 떠올라 피식 웃었다. 오늘은 은이 오는 날이다. 저녁에나 도착할 은을 현우는 새벽부터, 아니 어제부터, 아니 한 달 전부터 기다리고 있다. '내가 몇 해 전에 은을 만났으면 어땠을까? 내가 좀 더 패기 있고 자신감 넘쳤을 때 은을 만났더라면, 사랑한다고 고백했을까?' 현우는 유치한 생각을 하며 일어나 손으로 엉덩이에 묻은 모래를 털었다. 자꾸만 웃음이 나왔다. 흩어진 모래알 같은 나날 중에서 현재가 가장 행복하다는 걸 그는 알았다.

현우가 집으로 올라가는 길에 분순 할머니를 만났다. "이봐, 이리 들어와 봐." 분순은 현우에게 퀴즈를 냈다.

"대게가 왜 대게겠어?" "글쎄요. 크니까 대게 아닐까요?" 현우가 뒤통수를 긁적였다. "대게는 커서 대게가 아니라, 다리가 대나무를 닮아서 대게라고 하는 거야. 바보구나. 저거 갖다 먹어." 분순은 쟁반 위에서 김을 모락모락 내고 있는 대게 두 마리를 가리켰다. "다리가 떨어진 게는 상품 가치가 떨어지잖아. 공판장에 팔지 못하니까 누가 나 먹으라고 갖다줬어. 꼭 저런 걸 준다니까." 현우는 분순의 마루에 놓인 쟁반을 집어 들고 절을 했다. "잘 먹겠습니다. 자꾸 뭘 이리 주시니…… 송구스럽습니다. 어르신."

어떨 때는 제정신 아닌 늙은이 같고 또 이럴 때는 멀쩡하고 장난스러운, 종잡을 수 없는 귀신 같은 어른이라고 현우는 분순을 돌아보며 생각했다. '은이 서울에서 돌아왔냐고 마주칠 때마다 묻더니, 오늘 올 줄을 아는지 대게를 주시네.'

아무래도 심상찮다. 청송 쪽 산에 연기가 자욱하다. '안동에서 시작된 산불이 바람을 타고 의성까지 갔다더니, 청송까지 온 걸까? 상상도 할 수 없는 일이야. 여긴 괜찮겠지. 이 마을은 바다와 붙어 있으니까 불이 넘어오지 못

할 거야.' 현우는 마당에서 서성거린다. 해가 지기 전에 도착할 거라던 은한테는 아무 연락도 없다. '오는 길에 사고가 난 건 아니겠지? 운전 중일 텐데 전화하면 안 좋겠지. 빨리 와서 같이 대게랑 라면 먹으면 좋겠다.' 초조하면 혼잣말하는 버릇을 현우는 고칠 생각조차 없다.

그 시각 은은 소리치며 울고 있었다. 오후에 어렵사리 중앙고속도로를 통과했지만, 북의성 톨게이트부터 영덕 톨게이트까지는 전면 통제되었다. 그녀는 오도 가도 못하고 실시간으로 뉴스를 보았다. 휴대폰엔 대피를 알리는 재난문자와 열차 운행 중단 안내문자도 계속해서 떴다. 현우에게 전화했지만 연결이 되지 않았다. 전기선도 불타고 휴대전화도 불통인 게 분명했다.

"주민들은 속히 대피하십시오. 서두르세요. 빨리빨리 지금 당장 방파제 쪽으로." "산불입니다. 속히 대피하세요. 몸을 피하세요. 서두르세요." 다급한 목소리의 대피령이 스피커를 통해 온 동네에 울렸다. "재빨리 방파제로 와요. 물건 챙길 시간이 없어요. 몸만 빠져나오세요." 계속되는 방송에도 분순은 잠에서 깨지 않았다. 밤 8시 30분이면 분순이 깊은 잠에 빠져 아무런 소리도 듣지 못

할 시각이었다. 현우는 노트북과 카메라만 챙겨 방파제를 향해 뛰어 내려갔다. "집이 불타고 있습니다. 속히 대피하세요. 빨리 집에서 나오라고! 빨리빨리." 스피커에서 나오는 이장의 목소리는 거의 울부짖고 있었다. 현우는 가던 길을 되돌아 달렸다. 분순의 집 문을 부수듯이 열고 들어가며 자신의 가방끈을 목에 걸고 앞으로 맸다. 잠든 분순을 둘러업었다. "할머니, 제 어깨를 꽉 붙드세요. 안 그러면 타 죽습니다." 분순은 놀라 현우의 등에 오줌을 쌌다.

방파제로 혼비백산한 마을 사람들이 모여들었다. 테트라포드 아래로 숨는 할아버지도 있었다. 키우던 개를 데려오지 못했다고 다시 집으로 가는 노인을 말리는 사람도 있었다. 아직 집에서 못 나온 사람이 적지 않았다. 현우는 분순을 내려놓고 그제야 마을을 올려다보았다. 분순은 주저앉아 온몸을 덜덜 떨었다. 활활 마을 전체가 불바다였다. 폭설처럼 재가 날아다녔다. 조금 전까지 살았던 은의 집이 폭발했다. 목재와 아크릴로 리모델링한 집은 거대하고 붉은 산처럼 솟아올랐다. 주민들을 태우고 갈 배가 오지 않았다. 현우는 눈물을 참으려 이를 악물었다. 애써 밀어냈던 시간의 파도가 되돌아왔다. 어린 시절, 사업에 실패한 아버지가 다 같이 죽자며 집에 불을 질렀던 날의 공포가 엄습했다.

눈의 이름, 1644년 파리 무용총서

박정대

박정대 | 1965년 강원도 정선에서 태어나 1990년 《문학사상》으로 등단했다. 김달진문학상, 소월시문학상, 대산문학상 등을 수상했다. 시집 『단편들』『내 청춘의 격렬비열도엔 아직도 음악 같은 눈이 내리지』『아무르 기타』『사랑과 열병의 화학적 근원』『삶이라는 직업』『모든 가능성의 거리』『체 게바라 만세』『그녀에서 영원까지』『불란서 고아의 지도』『라흐 뒤 프루콩 드 네 주 말하자면 눈송이의 예술』『눈 속을 여행하는 오랑캐의 말』 산문집 『담배에 관한 짧고 아름다운 한 권의 책』 등이 있다. 오랑캐 이 강으로 영화 〈베르데 공작과 다락방 친구들〉〈세잔의 산 세 잔의 술〉〈코케인, 무한의 창가에서〉 등의 각본을 쓰고 감독했다. 현재 '이절 아케이드 프로젝트'에 참여하고 있으며, 무가당 담배 클럽 동인, 인터내셔널 포에트리 급진 오랑캐 밴드 멤버로 활동 중이다.

이 소설은 한 편의 시에서 시작되었다

1622년에 태어난 장 바티스트 포클랭 몰리에르는 1644년에는 스물두 살이 되었다, 파리의 어느 극단에서 나와 함께 작가 겸 배우로서 활동했는데, 그의 부모들에게는 경천동지할 일이었다

그래서 우리는 극단의 이름을 '파리의 경천동지'로 정하고 배우와 단원들을 뽑았다, 당시 동북면 여진족 출신 함 타이치는 배우로 지원했는데, 늘 술에 취해 있었으므로 발음에 약간의 문제가 있었으나 워낙 매력적인 캐릭터라 '파리의 경천동지'에 꼭 필요한 배우라고 나는 다른 관계자들을 설득했다, 더군다나 그가 시인임을 아는 사람이 다섯 명이나 되는 그는 파리의 유명한 시인이었다

우리는 파리의 고아들이었다, 나아가 불란서 고아였으
며 예술의 고아들이었다

우리의 삶의 모토는 참으로 단순했다

"우리는 우리의 삶을 살아간다

삶이 우리를 따라오리라

그렇지 않은 삶은 우리의 삶이 아니다"

_오랑캐 이 강, 「1644년 파리 무용총서」

이 소설은 처음부터 제목이 없었다, 시시때때로 눈을
맞으며 거대한 어둠의 세계를 횡단하는 흰 까마귀의 언
어로 쓰인 소설, 쏟아지는 눈의 이름을 물으며 끊임없이
자신의 이름을 찾아가는 소설

'눈의 이름' '파리의 경천동지' '시가레트 펄프픽션, 44
혹은 27 코케인' '빅토르 최, 어떤 저항의 멜랑콜리' '그
러니 눈발이여, 지금 이 거리로 착륙해 오는 차갑고도

뜨거운 불멸의 반가사유여, 그대들은 부디 아름다운 시절에 살기를', 그 어떤 이름으로 불러도 좋을 소설

그러니 소설 스스로 자신의 이름을 찾을 때까지, 누군가 자전거를 타고 바람 속을 달리며 세운 임시정부의 이름처럼 우리는 잠시 이 소설을 '눈의 이름, 1644년 파리 무용총서'라 부르도록 하자

아무런 구상도 하지 않고 소설을 쓰다 보니 소설을 다 쓴 다음 내가 뭘 썼지? 하고 다시 읽어보는 일이 벌어지기도 한다, 오랑캐 式 글쓰기다

가령 이 소설에 대한 나의 무의식적 구상은 대략 이런 것이었다

파리 퓌르스탕베르 광장에 있는 들라크루아 박물관 다락방을 빠져나온 장드파는 코케인을 향해 걷는다, 그가 다락방을 빠져나와 코케인에 당도하기까지가 이 글의 전부다

다락방과 코케인 사이의 거리, 그 거리는 어쩌면 영원의 거리며 실재의 거리다, 그는 영원의 거리를 실제적으로 걷고 있는 것이다, 그는 잠시 리스본에 머물렀고 그곳에서 온몸으로 게릴라 투쟁을 하는 동지들을 만났다, 파리와는 또 다른 양상의 삶이 리스본에서 전개되고 있었던 것이다

1644년, 1984년, 2044년은 이 소설에서 어떤 변곡점의 시간이지만 시간은 단선적으로 흐르지 않는다, 이 세상의 모든 시간은 혼재돼 있다, 그러니까 2044년, 1984년, 1644년은 다가올 시간도, 지나간 시간도 아니다, 그렇다, 세상의 모든 시간은 다만 존재할 뿐이다, 그 어느 시대에서나, 태어날 때부터, 살아 있는 동안, 장드파는 언제나 27세였다, 그가 스스로 그렇게 정했기 때문이다

엄청난 대질병의 시대를 지나 지구를 침략한 외계인들의 식민 정책으로 폐허가 된 지구에서 그는 이절에 새로운 투쟁 거점을 마련하고 리스본의 추억을 그대로 옮긴다, 한편 이절에서는 시간을 초월해 그의 동무들이 카

페 '이절에서의 눈송이 낚시'로 모여드는 이상한 현상들
이 발생한다

　폐허의 지구 위에 남은, 뜨거운 저항의 피를 간직한 인
간들이 지구의 새로운 예술적 행성으로의 독립과 재탄
생을 모색한다

　그들이 만나는 최후의 거점이 코케인[Cocaine]이다

등불 속에 파리^{paris}는 잠겨 있다, 장드파는 갱스부르
송과의 약속을 떠올리고 녹색 의자에서 일어났다, 퓌르
스탕베르 광장까지 밀려온 눈발 중 몇 송이가 그의 어깨
위로 당도하는 밤이다

1

그의 아파트는 리스본 외곽에 위치해 있었다, 파리에서 리스본까지는 꽤 먼 거리였지만 그는 파리 퓌르스탕베르 광장에 위치한 들라크루아 박물관의 다락방과 리스본의 아파트를 번갈아 오가며 생활하고 있었다, 그의 생활이 워낙 단순했으므로 이런 생활 패턴이 그에게 힘들게 느껴지지는 않았다, 그는 두 군데 숙소를 옮겨 다니는 것을 하나의 여행처럼 생각했다, 젊었을 때 전 세계를 누비며 여행하는 것을 즐겼던 그였지만 이제는 더 이상 여행을 하지 않았다, 세계의 어느 곳이든, 그가 가보고 싶었던 곳은 이미 다 가보았기 때문이다, 그런데 갑작스럽게 찾아온 대질병의 시대와 외계인의 침공을 겪으며 그는 리스본의 아파트에 있던 짐을 모두 정리하여 이절로 옮겼다, 그러니까 이제 파리에서 이절을 오가는 이 경로는 그에게 남겨진 생의 마지막 여행 코스 같은 것이었다

눈발이 휘날리고 있었다, 그는 거리를 내려다보며 머릿속으로 몇 개의 문장을 생각하고 있었다, 지난겨울 파

리엔 유난히 눈이 많이 내렸다, 밤이면 그는 다락방 창문을 열고 눈송이 낚시를 하며 세계 곳곳에 흩어져 있는 몇몇 요원들에게 암호문을 타전했다, 지구의 기후 변화는 심각한 것이었고, 그것이 파리라고 예외는 아니었다, 당분간 바빠지겠군, 생각하며 그는 몇 개의 문장으로 이루어진 암호문을 허공으로 전송했다, 그는 외출 준비를 했다, 당연한 얘기지만 어쩌면 그는 그가 송출한 암호문보다 늦게 코케인에 도착할 것이다, 코케인은 지구에 살아남은 몇몇 요원들이 모이는 장소였다, 아마 갱스부르송이 그곳에 먼저 도착해 있을 것이다, 파올로 그로쏘는 언제나 늦으니까 그보다 조금 늦게 도착할 것이다, 눈발이 쏟아지는 파리의 밤은 유난히 아름답다, 파리라는 도시는 원래 겨울에도 눈이 많이 내리지 않지만 작년부터는 거의 폭설에 가까운 눈이 내린다, 기상 이변이 가져다준 뜻밖의 축제다, 워낙 눈을 좋아하는 그는 그런 생각을 하며 문을 나섰다

가로등 불빛 사이로 자신의 이름을 불러달라는 듯 눈발은 아우성치며 내린다, 거리가 온통 하얗다

2

눈발은 가볍지 않고 무겁다, 허공을 나는 나비조차도 무겁다, 인간들이 내뿜는 한숨과 담배연기조차도 무겁다, 대기권 안에 있는 모든 것들은 중력의 법칙을 따른다, 아무리 가벼운 무게조차도 중력을 피할 수는 없다

허공은 또 하나의 지상처럼 딱딱한 층위를 이룬다, 허공에 잠복한 무수한 계단 같은 허공, 그 위에서 눈은 태어나고 죽는다, 아니 죽지 않는다, 눈물처럼 어디론가 흘러가며 다시 허공으로 태어난다, 그러니까 모든 사물은 잠재적 허공이다, 이것이 우주 속에서 영원히 사라지지 않는 영혼의 존재를 증명하는 명백한 사실이 된다

영혼을 이루는 물질이 있다면 그것은 지금 허공을 가로지르며 흩날리는 저 눈발일 것이다, 아마 이 이야기가 끝날 때까지 눈발은 서로의 이름을 부르며 쉼 없이 내리겠지, 눈발이 잦아들 무렵 이 소설도 끝날 것이다

장드파는 이런 생각을 하며 퓌르스탕베르 광장을 뒤덮은 눈을 바라보았다, 몇 걸음 걷지도 않았는데 그는 이미 눈사람이 돼가고 있었다, 인적 없는 거리를 걸어가

는 눈사람, 천천히 걸어가며 자신의 생을 완성해 가는 사람, 장드파는 그런 사람이었다

3

　존재는 증명되지 않는다, 레종 데트르 같은 건 몇몇 철학자들이 내놓은 가설에 불과하다, 홍적세 이후 지구상에 흩날린 눈발들을 생각해 보라, 누가 이 눈들에 대하여 정확하게 진술하고 그들이 흩어져간 방향에 대하여 명쾌하게 설명할 수 있겠는가, 로맹 가리, 르 클레지오, 미셸 우엘르베끄, 체 게바라, 카를 마르크스, 톰 웨이츠, 프랑수아즈 아르디, 빅토르 최, 한때 눈의 이름이었다가 흩어져간 무수한 눈발들, 그들 또한 인류의 어릿광대이며 눈의 심연을 드러내는 자들에 불과하다, 사라지거나 사라져갈 것들, 하물며 누가 감히 자신의 존재를 증명할 수 있겠는가, 좌골 신경통과 우측 대퇴부 골절과 시신경 손상과 경추 디스크와 심장 질환과 혈액암과 탈모와 발바닥의 통풍과 근섬유종과 폐결절과 그 모든 질병조차

도, 사라져 가는, 사라질 인간의 존재를 증명하지 못한
다, 날은 흐리고 하늘은 어둡다, 어쩌면 지구상에 존재하
는 생명체의 감정을 돋을새김하는 유일한 조각도는 날
씨일지도 모른다, 날씨의 변동이 인류의 역사를, 세계사
를 기록했다, 총총 떠 있는 무수한 별들이 인류의 허접
한 약력을 그나마 밝혀주었다

그의 친구 함타이치는 일찍이 이 모든 것을 『허무의
기록』이라는 짤막한 글로 남겼지만 기록조차도 허무하
다, 허무하다, 허무하다, 지금 내리는 눈은 그렇게 속삭
이며 허공에서 내려온다, 이 모든 것이 어쩌면 착각일
것이다, 고독도, 사랑도, 혁명도, 이 세계조차도 어쩌면
거대한 착각일 것이다

4

삶에 대한 낭만적 베팅의 근거는 무엇인가, 전 세계의
도박사들이 확률과 통계 수치를 통해 명백한 현실을 제
시할 때도 그는 그 모든 수치와 통계를 일부러 무시하듯

낭만적 베팅을 했다, 세계가 단 몇 개의 수치로 이루어졌다 해도, 그것을 뒤집는, 그리하여 꿈의 절정에 이르는 방법은 한 가지였다, 그의 행위는 하나의 상징이었고 삶의 아이러니를 은근히 드러내는 하나의 메타포였다

대상에 대한 끊임없는 열정이 낭만적 베팅을 가능하게 한다, 그 열정은 맹목적 사랑으로부터, 근거 없는 신뢰로부터 온다, 사랑이란 그런 것이다, 근거 없는 신뢰와 눈먼 자아가 만들어내는 환상의 목록이 바로 사랑이다, 사랑은 지금 사랑을 하고 있는 사람조차도 모른다, 왜냐하면 사랑은 사랑을 넘어서는 곳에 하나의 물질처럼 단단하고 아름답게 존재하기 때문이다

고독 또한 대상에 대한 끊임없는 열정이 낳은 산물이다, 대상이 없다면 사랑도 고독 따위도 없을 것이다, 그렇다, 알랭 로브그리예의 말이 맞을지도 모른다, "세계는 의미심장한 것도 부조리한 것도 아니다, 다만 존재할 뿐이다"

그는 오늘 밤의 낭만적 베팅에 대하여 생각했다, 무엇에 대하여 낭만적 베팅을 할 것인가? 그것이 비록 승산이 없다 해도 어떤 베팅이 그를 꿈꾸게 할 것인가?

몇 개의 질문처럼 의문을 품은 채 눈은 여전히 허공에 가득 들어차 있다가 간혹 생각난 듯 몇 송이 눈발과 함께 어깨동무하고 무리지어 지상으로 떨어지고 있다

5

어느 날, 지구라는 행성에 무서운 속도로 전염병이 창궐하고 인류의 97퍼센트 이상이 죽었다, 정확한 통계는 알 수 없지만 아마 지상에서 사라진 인류의 숫자는 훨씬 더 될 것이다, 도시나 시골 할 것 없이, 지구상 그 어느 공간이라도 그곳에 살아남은 사람은 채 열 명을 넘지 않았고 그 빈틈은 인간이 아닌 다른 존재들이 채웠다, 이제 지구상에 존재하는 인간은 그 존재 자체만으로도 의미심장한 생물체였다

인류의 숫자가 절대적으로 줄었고 인류 간의 경쟁도 줄어들었지만 여전히 사회 시스템은 대질병 시대 이전과 동일하게 유지되고 있었다, 그것은 참으로 묘한 것이었다, 인간과 인공 지능 로봇 간의 사회적 역할이 바뀌

자 사라진 인류의 부재를 기계들이 한 치의 빈틈도 없
이 메웠다, 거기에다가 외계인의 침공이 있었다, 살아남
은 대부분의 인간들은 외계 점령군들과 기계의 통치에
순응하는 소시민으로 전락했고 몇몇 예술가들만이 마치
레지스탕스처럼 그들만의 장소에 은밀하게 모여 음악을
듣고 춤을 추며 저항하고 있었다

많은 것이 변했는데 본질적인 것은 변하지 않았다, 세
상엔 여전히 흰 눈이 내리고 그것은 사라진 것들에 대한
그리움의 징표처럼 허공을 떠돌고 있었다

리스본과 파리를 오가며 생활하던 그는 대질병 시대
이후 폐허가 된 리스본의 아파트를 정리하고 이절이라
는 곳에 작은 오두막을 짓고 카페를 운영하며 생활했다,
그는 그곳을 '이절에서의 눈송이 낚시'라 불렀다

6

그는 간혹 정지된 사물의 속도에 대하여 생각하곤 했
다, 이 세상에 완벽한 정지란 없다, 무거운 고체 상태로

존재하는 사물들마저도 조금씩 움직이고 있다, 부동하는 것들의 유동성, 정지된 사물의 속도, 살아 있는 모든 것들은 폐허를 향해 내달린다, 폐허, 폐허, 폐허, 누군가의 웃음소리 같은 폐허를 향해 달려간다, 그러나 완전한 소멸, 완전한 적멸 같은 건 없다

그런 측면에서 볼 때 폐허를 향해 질주하는 가장 생생한 것은 눈발이다, 눈발을 탐구하는 것, 눈발의 성분을 분석하고 눈발의 유래에 대해 탐구하는 것은 이 세계의 본질적 문제에 접근하는 가장 빠른 방법이다, 질문의 호도성과 착란, 착란을 부르는 시청각적 각종 유희들이 희디흰 눈발에 덮이는 밤이다, 이런 밤은 혼자 있기에 좋은 밤이다, 고독이 옆에 앉아 있어도 좋을 것이다

그는 내리는 눈발 속에서 누군가 자신을 부르는 듯한 환청을 느낀다, 아니 어쩌면 그것은 환청이 아닐 수도 있다, 환상과 환청의 세계는 우리가 실재라고 믿는 세계의 반대편에 놓인 것이 아니다, 그것은 우리가 감각적으로 느끼고, 존재할 거라 믿는 이 세계와 여전히 공존하고 있다, 양자물리학이니 뭐니 허황된 이론의 세계를 넘어 그 누구도 제대로 설명할 수 없는 직관과 감각의 세

계에 그것은 있다

눈발 속에서 들려오는 호명, 저 눈발 속에서 누가 나를 부르는 걸까? 어디에선가 들어본 듯한 목소리의 환청을 느끼며 그는 머리 위로 떨어지는 눈을 하염없이 바라보고 있다

'지금 내리는 눈의 이름은 무엇인가, 내가 걸어가 당도하고자 하는 눈의 이름은 무엇인가?'

그는 귓가를 맴도는 환청을 걷어내며 속으로 묻고 있었다

'이 모든 질문을 하는 나의 이름은 무엇이었던가?'

7

지구의 반대편, 창궐한 햇살 아래서 누군가 담배를 피워 물고 이 소설을 읽고 있다, 푸르게 피어오르는 담배 연기는 누군가 걸어갔을 가느다란 영혼의 길을 보여준다, 나뭇가지에 앉은 새들은 고개를 갸웃거리며 말똥말똥한 눈으로 그 광경을 보고 있다

‘아, 저 푸른 담배 연기가 인간과 인간이 소통하는 영혼의 루트이며 암호문이었구나’, 그런 생각을 하며 새들은 다른 나뭇가지로 날아간다

오래된 기억의 처마 끝으로 바람이 분다, 눈의 물, 누운 물이 흘러내리는 밤, 울란바토르에 창궐했던 모래 먼지와 풀잎과 고드름을 떠올리며 장드파는 옛 생각에 사로잡혀 발길을 옮긴다

모든 현재는 과거형으로 기술되고 모든 과거는 현재형으로 서술된다, 왜냐하면 모든 시간은 혼재돼 있고 흐르지 않기 때문이다, 사람들 스스로가 소환한 각자의 시간은 오롯이 소환자 앞에 덩그러니 물질적으로 놓일 뿐이다, 그러니 서술자의 시제를 떠나서 모든 것들은 현재진행형이다, 모든 영원은 현재일 뿐이다

‘나는 담배를 물고 담배에 불을 붙이고 간혹 담배 연기를 내뿜는다, 저 푸르게 흩어지는 담배 연기가, 누군가의 숨결이 어쩌면 생의 모든 것일 수도 있겠구나’

장드파는 그런 생각을 하며 눈 내리는 파리의 밤길을 걷고 있다

8

돌멩이를 본다, 회색 돌멩이에는 먹청색 문양이 박혀 있다, 그것은 날아오르는 박쥐 같기도 하고 먹이를 향해 맹렬하게 돌진하는 검독수리 같기도 하고 회색 바다로 가라앉는 쿠릴 열도 같기도 하다, 이 돌은 전생에 무슨 꿈을 꾸었기에 이런 문양을 품게 된 것일까, 말 없는 돌멩이의 전언을 읽는다, 온몸으로 자신의 전생前生을, 전생애全生涯를 보여주는 딱한 짐승을 읽는다

눈폭풍이 휘몰아치는 날에는 돌멩이도 구름도 더 이상 이동하지 않고 그 자리에 멈춘 채 참을 수 없는 슬픔에 오열했을 것이다, 지속 가능한 슬픔의 오열이 생의 어떤 문양을 만들었을 것이다, 어딘가를 떠돌다 온 가랑잎들도 피곤한 몸을 땅에 뉘며 형체도 없는 꿈속으로 바스러져 갔을 것이다, 꿈의 산란産卵과 생각의 산란함이 모두 사라지는 새벽이 올 때까지 지상의 사물들은 그렇게 차갑게 슬퍼했을 것이다

구름의 점진적 이동, 돌멩이와 욕망의 점진적 이동을 헤아리다 보면 날은 저물고 멧새는 날아와 울고 날이 밝

고 다시 날이 저무는, 지구의 자전과 공전을, 우주의 순환을 그렇게 숨결처럼 느꼈을 것이다

이미지의 도룡뇽을 사랑하라, 문득 그의 머릿속을 스치며 지나가는 짧은 문장이다, 이미지의 도룡뇽을 사랑하라니! 난 이미지스트가 아냐, 아나키스트도, 급진적 좌파도 아냐, 더군다나 빵을 부풀게 하는 뭐, 그런 이스트 따위는 되기 싫어!

그런 생각을 하며 그는 수도승처럼 눈 쌓인 밤길을 걷는다, 그는 하루 종일 아무것도 먹지 않았다, 그가 쓰는 글에는 음식 얘기가 단 한 마디도 나오지 않는다, 그는 금식주의자인가, 금욕주의자인가?

그는 아무도 없는 곳에서 식사를 하고 아무도 없는 곳에서 자신의 욕망을 해결하고 아무도 없는 곳에서 글을 썼다, 장드파는 그런 자신을 '노바디nobody, 나씽nothing'이라 부르며 껄껄 웃었다, 아무도 아니고 아무것도 아닌 사람, 그는 그런 사람이었다, 아니 그는 사람이 아니었는지도 모른다, 어쩌면 허공을 떠도는 한 송이 눈발이었는지도 모른다

눈은 여전히 내린다, 참 지독한 눈이다

9

　망각의 순위라는 게 있다, 사람들은 어떤 것을 최우선 순위로 망각하고 또 어떤 것을 최후에 망각하는가, 망각은 기억을 전제로 하지만 기억의 전제 조건은 또 무엇인가, 눈앞에 놓여 있지만 보이지 않는 것이 있고 멀리 두고 왔지만 선명하게 만져지는 것이 있다, 기억이란 그런 것이다, 상상을 초월한 감각의 영역에 기억은 온전히 보관되어 있다, 인간에게는 도대체 몇 개의 감각이 있는 것일까, 과학자들이 알아낸 감각 외에도 공감각의 조합을 고려하면 수천 개의 감각이 존재하리라

　평정된 감각의 길을 따라간다, 눈에 덮인 세상은 단순하지만 강렬하게 감각을 자극한다, 적당한 추위, 이상하게 안온하리만치 따스하게 느껴지는 추위, 감각이 불러오는 이상한 모순형용, 오늘 밤에는 차갑고도 뜨거운 한 잔의 술을 마시겠군, 코케인 2층 창가에 앉아 하염없이 떨어지는 눈발을 바라보며 우리는 웃고 떠들고 아침이 올 때까지 생의 가장 깊숙한 곳으로 빠져들겠지, 생의 가장 깊숙한 곳에는 무엇이 있을까? 우리는 여전히 모르

지만 술을 마시고 담배를 피우며 조금씩 그쪽으로 이동
하겠지

장드파는 코케인에 당도하기 전에 먼저 타박^{Tabak}에 들
러 지탄^{Gitane} 두 갑을 산다

여전히 눈이 내리는 밤이다, 천 년 전부터 내리던 눈
이다

10

지난겨울은 찬란했다, 심한 독감을 앓긴 했으나 그에게
는 아무 일도 일어나지 않았다, 준동하는 구름들은 가끔
물방울들의 어깨를 붙들고 함박눈이 되어 지상으로 쏟아
졌다

지상에 미만한 벌레들처럼 인간은 꼼지락거리며 살아
가고 있었다, 욕된 풍상의 화구를 지나온 봄이 절뚝거리
며 '이절에서의 눈송이 낚시' 근처를 서성거렸지만 그는
앞마당에 봄을 들이는 것을 허락하지 않았다

몇 개의 죽음을 지나 당도한 지난겨울의 눈발처럼 그는

오로지 차가운 상념에 전념하였다, 때로는 차가운 상념과 불변하는 신념이 한 인간을 죽음으로 몰아간다, 그러나 그 죽음은 매혹의 상상을 내장한 일시적인 죽음이다

죽지 않으면 어떻게 다시 태어나겠는가? 산 것들은 살아가게 하고 죽은 것들은 몇 번씩 다시 죽게 하라, 그는 그런 생각을 하며 마치 무덤에서 일어난 것처럼 기지개를 펴고 오늘의 첫 담배를 피워 문다, '하긴 내가 피우는 담배는 언제나 첫 담배, 내가 쓰는 글은 언제나 첫 글'이라는 생각을 하며 그는 가로등 불빛 속으로 쏟아지는 눈발을 바라본다

펼쳐진 풍경 속에는 아무도 없지만, 펼쳐지지 않은 풍경 속에도 아무도 없다, 장드파는 눈 내리는 밤 풍경을 한 페이지씩 넘기며 코케인을 향해 걷는다

눈은 내리고, 쌓이고, 다시 날아오른다

11

마그네틱테이프 속에는 저 먼 우주로 향하는 정거장

이 있었다, 별에서 멀어지면 인간의 마을이 보였고 가난하고 갸륵한 욕망의 저녁연기가 피어올랐다

별들에 가까워질수록 별들의 무구한 음악 소리가 들렸다, 그곳은 인간의 걸음으로는 닿을 수 없는 곳, 차마 바람에 등 떠밀린 가랑잎처럼 가랑가랑 그곳에 당도하고 싶지는 않았다

가까움과 멂, 나타남과 사라짐, 음향과 음성 사이에서 소리들은 출몰했다가 어디론가 사라졌다

혈족의 계보라는 게 있다, 빅토르 최의 혈족을 따라가다 보면 원주 최씨가 나온다

빅토르 최는 1962년 6월 21일 러시아 상트페테르부르크에서 태어났다

아버지는 한인 출신이었고 어머니는 우크라이나 출신이었다

키가 187센티미터였던 그는 공연할 때는 항상 어깨에 멘 기타를 쳤다, 허공을 응시하며 노래를 불렀다

1990년 8월 15일 소련 라트비아 공화국 투쿰스에서 교통사고로 사망했다, 28세였다

굳이 혈족의 계보로 말하자면 그는 원주 최씨인가, 상

트페테르부르크 최씨인가, 디아스포라 최씨인가?

그를 키운 건 팔 할이 불꽃이었다

꺼지지 않는 불꽃과 심장의 노래

그는 지구라는 별에서 28년을 거주하고 또 다른 별로 이주했다, 우주의 영원한 디아스포라가 됐다

세상의 공식 문서에 남아 있는 그에 관한 기록은 이렇게나 소략하다

그러나 그는 여전히 살아 있다, 며칠 전 이절 캄차트카에서 아침부터 나와 함께 술을 마시며 노래를 부르지 않았던가?

장드파는 그런 생각에 잠겨 눈 내리는 밤길을 걷고 있다

12

며칠 전, 그는 늦은 밤까지 이절 카페의 문을 닫지 않고 맥주 한 잔을 홀짝거리며 글을 쓰고 있었다, 이미 그 시간에 카페를 방문할 손님은 없었다, 방문할 손님이 없

는 것을 알면서도 그는 늦게까지 카페의 문을 닫지 않았다, 그것은 하나의 습관이었다, 어쩌면 그는 기다림을 직업처럼 삼고 카페를 연 것인지도 몰랐다, 기다림의 직업, 멋지지 않은가? 그는 그런 생각을 하며 담배를 피워 물었다, 담배 맛이 유난히 좋다, 그는 담배 맛에 유난히 예민했는데 담배 맛을 결정하는 것은 날씨와 그의 몸 상태, 그 둘의 상관관계였다

담배 연기 때문에 창문을 열자 밤하늘을 가득 채우며 창문까지 밀려와 실내로, 그의 내면으로 점점이 스며드는 것들이 있었다, 눈발이었다, 담배 맛이 좋더니 오늘도 어김없이 눈이 내리는군!

아무도 찾아오지 않는 산골에 그가 작은 카페를 연 것은 단 하나의 이유에서였다, 그 이유는 아주 단순했다, 자정이 넘은 시각, 캄캄한 허공으로부터 지상으로 내려와 창문을 넘나드는, 허공을 말달리는 눈발을 보기 위해서였다

13

간밤의 꿈에 계단에서 굴러떨어졌나? 왜 이리 허리가 욱신거리지? 중얼거리며 그는 커피 물을 끓이기 위해 주방으로 걸어갔다, 주방의 창을 통해 보이는 풍경은 온통 흰색이었다, 광활하게 펼쳐진 흰 눈의 바다 위로 마치 파도처럼 출렁거리며 낮게 바람이 불고 있었다

그가 거처하는 산골은 하나의 낯선 행성이었다, 겨울에 사나흘 눈이 내려 쌓이면 소위 문명 세계인 읍내와는 너무나 간단하게 단절되고 두절되었다, 그러나 그는 약간의 식량과 맥주, 담배만 있으면 어떤 걱정도 하지 않았다, 어차피 그가 새롭게 선택한 삶은 외계 행성에서의 삶 같은 것이었다, 철저하게 고립될 것, 자발적으로 완벽히 고립될 것

한번은 글 쓰는 후배가 그에게 물어본 적이 있었다, 형! 이 산골 외딴집에서 혼자 지내면 외롭지 않아요? 그때 그는 대답했다, 도연아, 이게 어쩌면 내가 평생 꿈꿔온 삶이야, 가끔 외롭긴 하지만 견딜 만해!

그럴 때면 그는 트리스탕 차라의 말을 떠올렸다, 불꽃

이여, 나는 외롭지 않다, 다만 홀로 있을 뿐이로다

커피를 마시고 담배 한 대를 피워 물며 그는 오늘 할 일을 생각했다, 창밖의 허공에는 참매 한 마리가 선회하고 있다, 오늘 중으로 지상의 작은 생명체 하나가 사라지리라, 허공을 선회하는 참매의 날개가 눈발을 가로지르고 있었지만 눈발은 곧 다시 합쳐져 지상을 향해 한 무리의 망각처럼 쏟아지고 있었다

오늘 저녁에는 카페를 예약한 손님이 있었다

그는 집에서 나와 카페를 향해 걷기 시작했다

하얗게 쌓인 눈 위로 발자국이 하나둘 생겨났다, 마치 미지의 행성에 처음 당도한 외계인의 발자국처럼, 어떤 행동의 선명한 증거처럼, 어떤 저항의 멜랑콜리처럼

14

그는 펑펑 흩날리는 눈발 속을 걸어가며 지난해의 장마를 떠올렸다, 지난해 장마가 왔을 때 이절의 잠수교는 쉽게 물에 잠겼다, 더욱이 상류에 있는 도암댐이 수

문을 열었으므로 누런 흙탕물들이 이강^{夷江}을 통과해 조양강^{朝陽江} 쪽으로 급하게 흘러갔다, 밤새 바람이 불 때마다 자작나무들은 얇고 하얀 수피를 깃발처럼 나부끼며 펄럭였다

어느 날은 아침에 일어나 보니, 간밤의 엄청난 바람에 그가 '이절에서의 눈송이 낚시'에 처음으로 옮겨 심었던 자작나무 '가난하고 아름다운 사냥꾼의 딸'의 허리가 꺾여 있었다, 그것은 하나의 불길한 전조, 슬픈 상징처럼 느껴졌다, 그는 며칠 뒤에 '가난하고 아름다운 사냥꾼의 딸' 자리에 새로운 후계목 자작나무를 옮겨 심었다, 이름은 '더 가난하고 더 아름다운 사냥꾼의 딸'이었다

아무도 찾는 이 없는 산골이건만 그곳에서는 참으로 많은 일들이 일어났다, 장마철이면 그는 거실 창을 통해 '비 내리는 태양의 서커스'를 봤다, 지붕과 온갖 나뭇잎들에 떨어지는 빗방울 소리는 다양한 타악기의 연주처럼 아름다웠다, 어떨 때는 북소리처럼 장엄하게 가슴을 두드리기도 했다

장마가 끝나갈 무렵이면 산 중턱까지 물안개가 자욱했다, 그리고 햇빛이었다

눈부신 햇살 속에 빨래를 널며 그는 한여름에도 눈송이 낚시를 했다, 그가 꿈꾸던 행성에 제대로 도착한 것이다, 한여름에도 눈이 내리는 행성에 어쩌면 제대로 착륙한 것인지도 몰랐다

햇살 속으로, 눈이 내린다

농담처럼 눈이 내린다

사랑이다

15

그는 가끔씩 혼잣말을 중얼거렸다, 외로울 때면 친구들의 이름을 불러보는 것이었다, 가난하고 아름다운 사냥꾼의 딸, 꽃 피는 봄이 오면, 자작나무 우체국, 레아 세이두, 장만옥, 톰 웨이츠, 김광석, 빅토르 최, 카를 마르크스, 체 게바라, 프랑수아즈 아르디, 상처 입은 용, 짐 모리슨, 닉 케이브, 아르튀르 랭보, 닐 영, 짐 자무시, 오랑캐 이 강

친구들의 이름은 그가 마당에 옮겨 심은 자작나무들

의 이름이기도 했다, 가끔은 자작나무의 이름을 호명하며 이른 대낮부터 술을 자작하기도 했다

'술이야 아무 때나 마시면 어떠랴, 그 어떤 술도 본질적 고독을 덮어주지는 않는다, 태생이 오랑캐니까 까짓 고독이야 호주머니에 넣고 다니든가, 돌멩이처럼 딱딱한 고독에 기대어 앉아 석양을 바라보면 그만인 것이다'

그런 생각을 하며 그는 어느새 카페에 당도했다, 카페 '이절에서의 눈송이 낚시'는 마치 흰 눈을 뒤집어쓴 채 웅크리고 앉아 있는 한 마리의 고독처럼 그 자리에서 그를 기다리고 있었다

카페여, 친구의 이름을 부르렴, 그러면 이렇게 내가 너에게 달려오듯이 누군가 너에게 오지 않겠니?

그는 속으로 중얼거리며 문턱까지 눈이 쌓인 카페의 문을 바라보았다

16

그는 카페 출입구의 눈을 눈삽으로 대충 밀어 치운 다

음 카페의 문을 열었다, 그런데 다소 어두워야 할 카페의 내부가 환했다, 뭔가 이상함을 감지한 그가 카페의 내부를 훑어보았다, 그는 자신의 눈을 의심할 수밖에 없었다

그는 지난밤 카페 문을 닫은 뒤부터 오늘 아침 카페로 나오기까지의 상황들을 복기했다, 아침에 카페로 오는 길은 수북하게 눈이 쌓여 있었고 여전히 싸락눈이 흩날리고 있었다, 달에 첫발을 내딛던 우주인처럼 내가 이 행성에 첫발을 내딛고 있구나, 걸어오는 내내 그는 그런 생각을 했다, 발목까지 푹푹 빠지는 눈의 느낌이 너무 좋아 그는 이런 광경이 영원히 지속됐으면 하는 생각을 하기도 했다

카페 주방에서 웬 여자가 가스불에 냄비를 올려놓고 요리를 하고 있었다, 도마에는 종종 썰어놓은 파들이 가지런히 놓여 있었다, 카페 문을 열고 그가 들어섰건만 여자는 타인의 출현 자체를 모르는 것 같았다, 아니 아예 무시하고 있는 것처럼 보이기도 했다

언뜻 본 여자의 인상은 묘했다, 아름답지 않은데 아름다운, 그가 여태껏 봐왔던 아름다움과는 다른 아름다움

을 지닌 묘한 모습을 하고 있었다, 저 여자는 누구인가?

그 순간 문득 기습처럼, 침략처럼 다가온 오늘 하루가 순탄치는 않을 거라 그는 생각했다

17

도대체 여자는 카페에 어떻게 들어왔을까, 지금 이 순간도 내 존재를 전혀 인식하지 못하는 저 여자는 도대체 누구지? 그는 조심스럽게 카페 주방 쪽으로 발걸음을 옮겼다

여보, 세요? 뉘신지? 여자는 여전히 대답이 없다, 요리를 하다 그를 흘끔 쳐다보았음에도 그에게 전혀 반응을 하지 않는다, 혹시 귀머거리나 맹인 아냐, 요리를 하고 있으니 장님은 아닌 것 같고, 우리말을 못 알아듣는 외국인인가?

헬, 로우? 후, 아, 유? 여자는 여전히 일절 대꾸도, 반응도 하지 않는다, 그는 순간적으로 자신이 타인의 눈에 보이지 않는 투명인간이 된 듯한 느낌에 자신의 턱에 난

수염을 쓰다듬어본다

당신 누구냐니까요, 남의 카페에 이렇게 무단으로 들어와도 되는 거요? 나 원 참!

그는 창가 테이블에 가서 앉았다, 어이없는 상황에 말문이 막혀 담배 한 대를 막 피워 물려던 참이었다

여자가 그를 향해 입을 열었다

난 프랑수아즈 아르디예요, 1984년의 프랑수아즈 아르디

앞으로 많은 친구들이 이 공간으로 올 거예요, 당신은 물론 황당하기도 하고 몹시 당황스럽겠죠, 그러나 천천히 그 사실을 받아들이게 될 거예요

이 공간은 나에게 1984년의 공간이죠, 왜 이 공간이 나를 1984년으로 데려왔는지는 나도 잘 몰라요, 나는 파리에서 1984년의 어느 날을 생각하고 있었는데 문득 정신을 차려보니 저 녹색 의자에 앉아 있었어요, 그러니까 지금 내 모습은 1984년의 모습이에요, 그리고 프랑스 출신인 내가 어떻게 처음 보는 당신에게 이렇게 유창하게 한국어로 말하고 있는지는 잘 모르겠어요, 모든 의문점은 아마 저 녹색 의자가 알고 있을지도!

내가 저 녹색 의자에 앉아 있는 나 자신을 발견했을 때, 나는 마치 선험적으로 어떤 사실을 깨닫듯 이곳이 한국의 어느 산골이고 이 카페의 주인이 글을 쓰는 사람이며, 당신이 지나온 삶을 순식간에 알고 이해했으니까요

이 카페의 주인장은 기다림을 마치 직업으로 삼은 사람이라는 것, 그러니까 당신이 그토록 만나길 원했던 친구들이 언젠가는 이곳으로 몰려들겠다는 사실을 순식간에 깨달은 거죠

난 지금 너무 배가 고프고 피곤해요, 음식을 좀 먹고 자러 가야겠어요, 좀 더 자세한 건 이따 저녁에 술이라도 한잔 마시며 얘기하죠

그녀는 카페 주방으로 가서 방금 전에 끓인 라면을 테이블로 옮긴 후 후루룩거리며 맛있게 먹었다, 언제 배웠는지 젓가락질도 보통이 아니었다

1984년의 프랑수아즈 아르디라, 1984년이라면 내가 대학교에 다니던 때인데 그렇다면 이 공간은 2044년이 아니라 1984년에 머물러 있단 말인가? 어떻게 그런 일이 가능한가? 이 공간에 있어도 나는 1984년의 내가 아니지 않는가?

멀리서 풍겨오는 맛있는 라면 냄새를 맡으며 그는 담배에 불을 붙였다

창밖으로는 여전히 눈발이 날리고 있다

18

시간은 단선적으로 흐르지 않는다, 복선적으로 꼬여 있는 것도 아니다, 시간은 흐르지 않는다, 시간은 단지 존재할 뿐이다

그는 오래전부터, '시간은 사라지지 않는다, 다만 모든 시간 속에 존재할 뿐이다'라고 생각했다, 가끔씩 녹색 의자에 앉아 자신의 생각을 실험하기도 했다, 그것은 이상한 경험이었다, 그는 녹색 의자에 앉아 특정한 시간대를 떠올리면 그 상황 속으로 가 있는 자신을 발견할 수 있었다, 그 상황은 너무도 생생해 마치 그 상황 속에 있는 자신이 믿기지 않을 정도였다

그는 녹색 의자에 앉아 여러 번 동일한 체험을 했다, 그러나 지인들 그 누구에게도 이러한 사실을 말하진 않

았다, 그 누구라도 그를 이상하게 생각할 게 뻔했기 때문이었다

그가 녹색 의자에 앉아 여러 번 찾아갔던 시간은 1984년이었다, 당시엔 온통 고통스럽게만 느껴지던 1984년으로 그는 왜 가곤 했을까, 1984년에는 고통스럽지만 아름다운 장면들이 놓여 있었다, 극심한 고통을 감수하고라도 그는 몇 개의 아름다운 장면에 당도하고 싶었다

그가 당도하고 싶어 하던 장면에는 삶의 본질적 풍경이 있었다

19

그날 이후 아르디는 자연스럽게 그의 생활 속으로 스며들었다, 마치 자신이 오랫동안 거처했던 것처럼, 내가 거주하는 집의 방 한 칸을 그녀의 방으로 삼았으며 집과 카페를 오가곤 했다, 원래부터 그랬던 것처럼 너무나 자연스러운 그녀의 모습을 보며 그는 이상한 안도감을 느꼈다, 그랬다, 이상할 만큼의 안도감, 그 누구와도 동거

가 불가능하리라 생각한 그의 세계에 침투한 하나의 바이러스처럼 그녀는 그의 세계에 무난히 착륙했고 그토록 자연스러운 침략은 그의 입장에서도 스스로 이해되지 않는 불가사의한 일이었다, 어떻게 이런 일이 가능한가? 그는 그녀를 볼 때마다 그런 의문이 들곤 했다

'일도, 사랑도, 인생도 언제나 화창할 순 없는 법, 우아하게 적셔주는 코미디'라 소개된 영화 포스터를 바라보며 그는 그녀에게 물었다, 아네스 자우이의 〈레인〉이라는 영화 봤어요? 그녀가 그 영화를 봤을 리 없다는 것을 알면서도 그는 그녀의 눈동자를 바라보며 사뭇 진지한 표정으로 질문을 하곤 했다, 〈타인의 취향〉은?

20

사랑은 스스로를 들추어 자신의 가장 깊은 곳을 보여주는 것 그곳을 만지고 그곳에 입술을 대어 가장 깊은 숨결을 불어넣는 것

포장지에 싸인 은밀한 욕망이 봉인된 상태로 춤추고

노래하는 세계에서는 이미 모두 날아오를 준비가 되어
있다

우리는 언젠가 포장지의 바깥으로 저 무한의 풍경 속
으로 희디흰 눈발처럼 날개를 퍼덕이며 날아올라야 하
는 것

아주 저열하게 몰락한 이 세계의 가장 낮은 곳으로부
터 새로운 행성이 돋아났다, 그 누구도 당도하지 않았던
행성, 은하계의 한편에서 이름도 없는 행성이 자신의 이
름을 찾고 있었다

누군가는 새로운 행성에 도착해야 하는 것이다

(암전)

세계는 나에게 있어서도 촛불의 불꽃에 비추어지고
있는 어려운 책이다 _가스통 바슐라르

사랑과 혁명의 불가해성은 사랑과 혁명의 대상인 인
간과 세계에 대한 불가해성으로부터 온다, 그러나 그것
은 이해할 수 없지만 아름다운 불가해성이며, 타인에게

해를 끼치지 않는 불가해성이기도 하다

누군가는 사랑을 위해 혁명을 하고
누군가는 혁명을 위해 사랑을 하고
누군가는 사랑과 혁명을 위해 시를 쓴다

그러니까 시를 쓰는 행위는, 사랑과 혁명의 불가해성
을 이해하려는 부단한 행위이며 사랑과 혁명의 공동선
을 쟁취하려는 개인적 사투의 흔적이다

누군가는 사랑을 한다
누군가는 혁명을 한다
누군가는 시를 쓴다

누군가는 이 모든 것을 하고
누군가는 아무것도 하지 않는다

나는 아무것도 하지 않으면서 이 모든 것을 한다

12월이니까 가능한 일이다

21

　어느 날은 더벅머리에 눈망울이 초롱초롱한 젊은이가 카페 문을 열고 불쑥 들어왔다, 뭔가에 쫓기는 듯, 그러나 한편으론 평온을 되찾은 듯한 표정의 청년은 불쑥 그에게 투박하고 거친 손을 내밀며 악수를 청했다

　제 소개를 하지요, 저는 일본군과 관군에게 쫓기고 있죠, 이제는 그들의 포위망을 벗어난 것 같아요, 더군다나 방금 맘에 드는 시까지 한 편 썼으니 이 세상이 나에게 시비를 걸진 못하겠지요, 아 저는 아르덴 지방의 산골 마을 샤르빌 출신, 아르튀르 랭보요, 방금 쓴 시를 읽어드릴 테니 술이나 한잔 주쇼

　　여드레 전부터, 내 반장화는 찢겨 있었지

　　길거리 자갈돌에, 샤를루아로 들어가던 길

　　—초록 선술집에서, 버터 바른 빵과

반쯤은 식어 있을 햄을 나는 주문했다네

행복에 겨워, 나는 초록 식탁 아래로 다리를

뻗고, 벽 장식 융단의 아주 순진한 주제들을

바라보았지 ─그런데 정말 근사했네

엄청나게 가슴이 큰 처녀가, 눈빛도 생생하게

─ 저 여자, 입맞춤 하나로는 놀라지도 않지!─

웃음 지으며, 버터 바른 빵과 미지근한 햄을

채색 접시에 담아 왔을 때

마늘쪽 냄새 향긋한 장미색과 흰색의

햄을, ─그러고는 커다란 내 맥주잔을 채워주었을 때

늦은 햇살 하나로 금빛 물든 그 거품과 함께

_아르튀르 랭보, 「초록 선술집에서, 저녁 5시」

그는 아르튀르의 시 낭송을 들으며, 아르튀르에게 줄 맥주잔에 술을 따르고 있었다, 술잔을 내밀며 그가 물었다

당신, 정체가 뭐요? 시인이요?

동학교도요, 아르튀르가 웃으며 대답했다

아르튀르의 시 낭송이 끝나자 프랑수아즈 아르디와 그는 아르튀르에게 동시에 건배를 제의했다, 의도하지 않은 별안간의 축제 분위기에 그들은 휩싸였다, 삶이란 가끔 이렇게 의도치 않은 축제로 이루어져도 좋겠다는 생각을 그는 했다, 그들이 오랜 친구처럼 즐겁게 대화를 나누고 있을 때 카페의 문이 벌컥 열리며 또 한 사람이 들어섰다, 세 사람은 동시에 문을 열고 들어선 사내를 쳐다보았다, 사내는 중절모를 쓰고 어깨엔 기타 케이스를 메고 있었다, 그의 검은색 중절모는 흰 눈으로 덮여 있었다

좋은 술자리가 있다는 소식을 듣고 먼 눈길을 달려왔소, 축하곡 하나 부르리다, 내 이름은 톰 웨이츠요, 누가 그럽디다, 고독을 탐닉한 목소리라고!

사내는 기타 케이스를 내려놓고 카페 구석에 놓여 있는 피아노로 가서 앉았다, 그리고 피아노를 치며 노래를 불렀다, 고독을 탐닉한 목소리처럼 그의 목소리에서는 서늘한 쇳소리가 났다, 아름다웠다, 카페 밖으로는 하염

없이 눈발이 휘날리고 있었다, 역시 아름다웠다

23

그다음엔 가혹하리만치 짙은 어둠이 왔다, 마치 검은 커튼을 친 듯 창밖은 온통 검은 어둠에 묻혀 있었고, 어둠 속에서 수만 개의 눈이 창문의 안쪽을 바라보듯 사방으로 눈발이 흩날리고 있었다, 눈의 눈동자는 어떤 색깔일까? 그는 그런 생각을 하며 친구들과 술을 마셨다, 카페의 내부는 마치 이 세계의 내면 같았다, 완전한 어둠 속에서도 환하게 불을 켠 누군가의 내면, 친구들과 함께 있는 밤이란 이렇게 밝은 내면을 뽐내는 것이다, 그는 그런 생각을 하며 카페 문 쪽으로 걸어갔다, 문 쪽에서 무슨 소리가 들렸기 때문이다

이 늦은 시간에 누구지? 그는 문을 열었다, 무겁고 짙은 어둠 때문에 문은 쉽게 열리지 않았다

24

장 드 라퐁텐은 자신이 쓴 우화를 직접 낭송하는 것을 포기하고 그 일을 가슈라는 이름의 배우에게 맡겼다

나는 냅킨을 펼치면서 미셸에게 이번 연주에는 나무 의자, 여배우, 테이블, 부싯돌과 촛불이 각기 하나씩 필요하다고 말했다

또한 물레, 실 꾸러미와 원형 수틀도 필요하다고 말했다

사과도 한 개 추가시켰다

7월 17일 나는 미셸에게 그 동화의 원고를 보냈다

어느 이름이나 하나같이 혀끝에서 맴돌기만 할 뿐이다(1)

(1)파스칼 키냐르의 「아이슬란드의 혹한」에 나오는 말이다, 역시 파스칼 키냐르 스타일이다(2)

(2)오랑캐 이 강, 『라흐 뒤 프루콩 드 네주 말하자면 눈송이의 예술』에 나오는 말이다, 역시 오랑캐 이 강 스타일이다

그는 읽던 책을 덮고 가슈라는 이름의 배우에 대해 생각했다, 나무 의자, 여배우, 테이블, 부싯돌과 촛불이 각

기 하나씩 필요하다고 말했다

또한 물레, 실 꾸러미와 원형 수틀도 필요하다고 말했다, 물론 잘 익은 노오란 살구도 한 알 추가시켰다

*

예술가는 일종의 사회적 파업 상태에 있다, 말라르메는 말한다

손에는 담배를, 탁자에는 찻잔을

그 외 나머지는 모두 우리의 내면에 있다(1)

밤새 무서록 무서록 눈이 내리고 시니피앙, 누군가 웃었다

밤새 눈은 외딴 곳으로만 내리고

밤새 눈은 자꾸만 옛날처럼 내리고

옛날은 눈이 내리는 밤이었다

팅커 테일러 솔저 스파이는 없다, 다만 시가 있을 뿐이다

김사량의 「빛 속에」는 1939년 일본어로 발표되었고 「칠현금」은 1949년 북한에서 출간되었다

이태준은 1933년에 29세로 '구인회'에 참여하고 1940년

에 『문장강화』를 1941년에 『무서록』을 간행한다

김사량은 종군작가단의 일원으로 한국전쟁에 참가하여 1950년 10월 원주 부근에서 사망한 것으로 추정된다

1946년 38선을 넘어 북으로 간 이태준은 언제 사망했는지 알 수 없다

다큐멘터리를 찍는다는 것은 무엇인가? 그것은 대상을 통해 나의 경험, 나의 기억을 재현하는 것이다

그런 의미에서 기록하는 자의 열정이 예술을 창조한다

모든 영화의 가장 아름다운 장면은 엔딩 크레디트겠지만 모든 시의 가장 아름다운 구절은 그 어디에도 없다

그것이 시의 가장 아름다운 본질이다

시는 어느 날은 인류를 위한 감정적 광대로서 존재한다

어느 날은 그것이 시의 가장 아름다운 복무이기도 하다

『무서록』에 나오는 「만주기행」을 읽는 밤이다

만주벌판으로 이주해 간 조선인들은 어떡하든 밭을 논으로 만들려고 봇도랑을 파고 만인滿人들은 자신의 밭이 망가질까 봐 봇도랑을 메운다

생존을 위한 쟁투의 일면이다

산문을 보면 나는 자꾸만 행갈이를 하고 봇도랑을 내

며 시로 바꾸려 한다

　이것은 독립적 영혼의 본질인가

　삶의 쟁투를 예술적 아름다움으로 치환하려는 부단한
시도인가

　부단한 시도와 무한의 실패가 끝내 한 줄의 문장으로
남으리니

　얼음장같이 차가운 허공을 미끄러지며 떠돌다 끝내
겨울 벌판으로 돌아와 우는 까마귀여

　나는 이제야 겨우 한 줄의 문장을 받아 적는다

　생각하면, 바다는 얼어 파도 소리조차 적막하던 '우라
지오스토그'의 겨울밤(3)

　평양에서 출발하는 봉천행 야간열차를 타고 가며 그
는 어떻게 문장을 강화했을까

　과연 문장은 강철처럼 강화되고 더 단단해졌을까

　이토록 깊은 밤이면 나는 야간열차를 타고 어디로 가
고 싶은 것일까

　덜컹거리며 끝내 어느 생에 닿고 싶은 것일까

　밤새도록 눈발을 헤치며 백무선 열차는 달려가는데

　밤새도록 눈이 내려 무서록이 쓰이는 밤이다

순서도 없이 쏟아지는 이것을 무어라 부르랴

누군가는 이곳에서 아무도 읽지 않을 시를 쓰고

누군가는 그곳에서 시를 읽다가 잠들 테지만

누군가는 저곳에서 사랑의 재구성처럼 흩어지나니

눈이 내린다, 너의 이름은 무엇이냐

눈이 내리는 밤은 모두 옛날이었다

*

(1) 빅토르 최(2)의 말이다

(2) 빅토르 최(9)—구소련의 페레스트로이카 시대, 대중의 인기를 사로잡은 언더그라운드 록 그룹이 있었다

특히 그룹의 보컬인 빅토르 최에 대한 인기가 뜨거웠는데 그가 세상을 떠난 지 30년이 지난 지금도 그의 음악은 여전히 높은 인기를 구가하고 있다

그는 좌절된, 그러나 우리가 집요하게 추구하는 희망을 노래한 선구자였다

오만불손하고 고약한 성미에 어둡기까지 한(전혀 그렇지 않을 수도 있다) 빅토르 최(1962~1990)는 독특한 음색의 한국계 러시아 록 가수다

가공되지 않은 가사(내면적 리얼리즘을 바탕으로 한 상징적인 가사였다)를 쓰던 그는 선배 가수 기타리스트 싱어 블라디미르 비소츠키(1938~1980)나 이소룡을 추앙하며 짐짓 그 행동이나 몸짓을 따라 하기도 했다

빅토르 최는 구소련 말기의 유명 록그룹 리더였으나 페레스트로이카가 이뤄질 때까지 오래 살진 못했다

그럼에도 빅토르 최와 그의 노래는 오늘날까지도 굉장한 인기를 누리고 있다

러시아 록 음악은 1960년대에 맨 처음 태동했으나 이후로도 20년간 대학생이 아닌 이상 러시아에서 록 그룹을 결성한다는 것은 쉬운 일이 아니었다

대학생들이 음악을 할 경우 두 가지 선택의 길이 있는데 하나는 정부의 통제를 받는 제도권 아티스트가 되는 것이고 다른 하나는 언더그라운드 뮤지션으로 활동하는 것이었다

전자의 경우 보컬 파트 및 악기 파트 일체로 이루어진

그룹으로서 모든 곡에 대해 정부의 허가를 받아야 했다

그리고 후자는 카세트테이프에 녹음한 음반을 자가 제작하는 경우였다

따라서 당국이 정한 비속어 사용 금지 및 복장 제한 등의 규정 그리고(일부 뮤지션들이 지나치게 서구권 음악의 영향을 받고 있는 만큼) 애국주의 성향을 지녀야 한다는 규칙에 저촉되는 경우라면 언더그라운드 뮤지션으로 활동하는 게 필수적이었다

러시아에서 아티스트는 타의 귀감이 돼야 하는 존재였기 때문이다

따라서 서구권 음악이 허용된 팝그룹이라고 예외는 아니었다

이에 언더그라운드 록 음악 뮤지션들은 제도권을 거부하는 여느 아티스트와 마찬가지로 아마추어라는 호칭을 들을 수밖에 없었다

빅토르 최도 그런 뮤지션들 중 한 명이었다

한국계 엔지니어인 아버지와 교사인 어머니 사이에서 외아들로 태어난 빅토르 최는 1970년대에 미술학교에서 퇴학당한 후 목각기술을 익히기 시작하면서 초창기

곡들을 써나갔다

아직 재학 중이던 시절 빅토르 최는 (안톤 체홉의 단편 「6호실」에서 정신병동을 의미했던 동명의 병실) '6호실'이란 이름으로 맨 처음 그룹을 결성한다

1981년에는 '가린의 살인광선'이란 이름으로 새로운 그룹을 만들었는데 1982년 이 그룹의 이름은 '영화' 혹은 '영화관'을 의미하는 독일어 '키노^{Kino}'로 확정된다

여타의 비제도권 아티스트들과 마찬가지로 빅토르 최 또한 생업을 병행해야 했는데 이에 1982년 상황에선 마리안나 최의 말마따나 "알 만한 사람은 다 아는 유명인이었음에도" 보일러 기사 일을 계속한다(4)

그해 여름, 그룹 키노는 (수록곡 전체의 재생 시간이 45분이란 이유로) 〈45〉란 타이틀의 첫 앨범을 발표한다

이로써 처음으로 인기 그룹의 반열에 오른 키노는 모스크바와 레닌그라드 무대에도 서기 시작하고 홈 콘서트도 개최한다

이 음반 작업에서 키노는 보리스 그레벤시코프의 저 유명한 그룹 아쿠아리움의 지원 사격을 받았는데 보리스는 콘서트 후 교외 기차 안에서 다가와 말을 건 빅토

르 최에게 그의 노래를 들었던 당시의 소감을 전했다

"그 자체가 좋고, 쓸모까지 있는 노래를 들으면 남보다 먼저 고대의 유물을 채굴한 듯한 기분이 든다, 오늘 내가 그랬다"(5)

이후 빅토르 최의 인기는 점점 높아졌다

사람들은 몰래 키노의 음악을 듣기도 하고 홈 콘서트 같은 자리에서 이들의 음악을 접하기도 했는데 특히 레닌그라드 록 클럽 같은 무대를 통해 키노의 음악을 들었다

1981년에 생긴 록 클럽은 구소련 시대 록 음악의 발달에 핵심적인 역할을 한 곳이었다

영화 분야에서 본격적으로 개혁의 붐이 일던 1986년에는 빅토르 최도 영화계에 발을 들인다

특히 맨 처음 그를 영화계로 끌어들인 건 당시 학생감독이었던 라시드 누그마노프였다

라시드 누그마노프는 카자흐스탄 알마아타 출신이다

모스크바 8진이었던 김종훈과 양원식, 한대용은 나중에 최국인이 거주하는 따뜻한 지방으로 이주했는데 그곳이 바로 알마티라고도 불리는 알마아타이다

알마아타가 카자흐스탄 남동부 쪽이라면 크질오르다

는 남서부 쪽인데 빅토르 최는 어린 시절 크질오르다에서 살았던 적이 있다

또한 크질오르다에는 말년에 고려극장의 야간수위를 했던 홍범도 장군 거리와 묘역이 있다

누그마노프는 모스크바 영화 학교VGIK 재학 중 제작한 단편 영화에서 빅토르 최를 등장시켰다(6)

젊은 부부와 그 친구들이 빅토르 최의 콘서트에 가길 원한다는 내용의 영화였다

이후 빅토르 최에게는 출연 섭외가 쇄도했고 같은 해 그는 다수의 영화 촬영에 참여한다

알렉세이 우치텔 감독도 '록'이란 간결한 타이틀로 언더그라운드 그룹들에 대한 다큐멘터리를 제작했는데 누그마노프 감독과 마찬가지로 보일러실에서 일하는 빅토르 최의 모습을 카메라에 담았다

키예프 영화 학교 학생이었던 세르게이 리센코도 자신의 졸업 작품 〈휴가의 끝〉 촬영을 위해 빅토르 최와 그룹 키노를 섭외했는데 키노의 여러 곡을 일종의 장편 뮤직비디오처럼 담아낸 저예산 단편 영화였다

하지만 당시 빅토르 최를 촬영한다는 것은 위험을 감

수해야 하는 작업이었다

빅토르 최는 검열에서 우선순위에 놓인 인물이었고 누그마노프의 제작에 참여한 사람들도 경찰에 체포돼 수차례 구금되는 신세가 됐기 때문이다

누그마노프 본인 또한 레닌그라드 콤소몰(구소련의 공산주의 청년 동맹) 문화위원회에 소환돼—이에 수긍하진 않았지만—"적절한 뮤지션 그룹"을 촬영하라는 권고를 받았다

리센코 역시 학위 발급이 거부됐다

하지만 이에 굴하지 않은 영화계에서는 1980년대 말 두 편의 장편 영화가 제작됐는데 먼저 누그마노프의 첫 장편 영화 〈이글라(바늘)〉(제작연도 1989년, 국내개봉 1999년)에서는 빅토르 최가 주인공으로 등장한다

자유분방하고 광기 어린 삶을 담아낸 이 영화는 구소련 시절 2년 만에 1500만 관객을 동원한다

이 작품으로 빅토르 최는 1989년 《에크랑 소비에티크》지의 독자들이 뽑은 올해의 최우수주연상을 받기도 했다

이어 개봉한 세르게이 솔로비오프의 작품 〈아사〉는 개

혁 개방 시대의 대표작으로 시대에 순응하지 않는 예술 분야의 대표적인 인사들(화가나 뮤지션)을 한데 모아 기존의 규칙과 질서를 강요하는 기성세대에 맞선 젊은 세대들의 모습을 담아냈다

이 영화에서 빅토르 최는 마지막 한 시퀀스밖에 등장하지 않음에도 실질적인 비중은 꽤 큰 편이었다

흐릿한 실루엣으로 그가 등장한 어느 초라한 식당은 곧 거대한 무대로 뒤바뀌고 빅토르 최는 군중들 앞에서 그의 히트곡 〈우리는 변화를 원한다〉를 들려준다

고르바초프 전 대통령 또한 이 곡에서 정치적 변화에 대한 민중의 의지를 읽었다고 할 만큼 페레스트로이카 시대의 비공식 주제가 같은 곡이었다(7)

우리의 마음이 변화를 요구한다!

우리의 눈이 변화를 추구한다!

우리의 웃음과 눈물 속에는, 그리고 요동치는 우리의 핏줄 속에서는

오로지 변화, 그저 변화만을 고대한다!

이렇듯 개혁과 쇄신에 대한 젊은 세대의 요구가 컸던 만큼 구소련의 개혁 정책이 불가피한 상황에서 빅토르

최는 이런 젊은이들의 요구를 대변하는 독보적인 인물
이었다

〈이제는 우리가 나선다〉는 곡에서도 그는 이렇게 적고
있다

우리는 신시가지의 비좁은 아파트에서 태어났다

당신들이 우리에게 기워준 옷을 입고

우리는 이미 마음이 조급해진 듯하다

우리가 당신들에게 해줄 말은

이제는 우리가 나선다는 것이다

하지만 러시아 록 음악사를 연구하는 안나 제이체바
의 지적처럼 빅토르 최는 개혁을 염원하는 젊은이들 사
이에서 자신이 차지하는 이런 입지에 대해 다소 회의적
이었다(이런 면은 혁명 시인 마야콥스키와도 비슷하다)

물론 그가 현실에 대한 암묵적인 저항과 당대의 답답
한 심경을 그 누구보다도 훌륭히 노래로 소화한 건 사실
이지만 〈편안한 밤〉 같은 노래에서는 다음과 같은 가사
들이 눈에 띈다

나는 이 순간을 기다렸고, 내가 기다리던 그 순간이 찾
아왔다

입을 다물던 이들은 더 이상 입을 다물지 않았고

더 이상 기대할 게 남지 않은 이들은 말 위에 올라타

전장으로 향했다

우리가 미처 따라잡을 겨를도 없이 이들은 멀리 떠났

지만

잠을 청하는 이들이 있다면 부디 좋은 꿈꾸길

편안한 밤이 되기를

사실 빅토르 최는 내면을 노래한 가수였으며 소소한

일상의 감정적 동요를 음악으로 표현해 내곤 했다

〈우리는 변화를 원한다〉를 포함해 그는 자신이 즐겨

노래하던 우울과 실의의 정서에서 결코 멀어진 적이 없

었다

줄곧 삶의 힘겨움과 더불어 그 안에서 의미를 찾는 작

업의 어려움을 노래해 온 것이다

손에는 담배를, 탁자에는 찻잔을

이것은 참으로 간단한 계획

그 외 나머지는 모두 우리의 내면에 있다

그가 28세라는 젊은 나이에 교통사고로 세상을 떠나

자 모스크바 도심 아르바트 거리의 한 벽은 온통 그를

추모하는 메시지로 뒤덮여 오늘날 거의 역사적 기념물
에 준하는 곳이 됐다

벨라루스의 민스크, 우크라이나의 드니프로, 카자흐스
탄의 알마티 역시 비슷했고 1992년부터는 그의 곡 〈마
지막 영웅〉과 동명의 타이틀로 제작된 우치텔의 다큐멘
터리를 시작으로 여섯 편의 다큐멘터리가 제작됐다

하지만 무엇보다도 그의 인기가 지금까지 지속될 수
있었던 건 라디오 전파나 온라인 조회, 길거리 버스킹,
그 외 다른 팝 가수들의 헌정 공연 등을 통해 그의 음악
이 흘러나온 덕분이다

그의 곡인 〈혈액형〉의 경우 유튜브에서 가장 조회가
많이 된 동영상 세 편의 조회 수를 합하면 무려 2000만
뷰가 넘는다

영화 또한 그의 인기가 지속되는 데 한몫했다

유리 비코프의 영화 〈바보〉(2011)에서는 주인공이 부
패한 시정의 간계에 훼방을 놓아 붕괴가 임박한 건물 주
민들을 구하는 대목에서 빅토르 최의 〈편안한 밤〉 전곡
이 흘러나온다

안드레이 자이세프 감독도 영화 전체를 그의 노래로

구성하는 패기를 보였다

〈할 일 없는 사람들〉(2011)이란 제목의 이 작품에서는 그의 노래들이 오늘날 러시아의 일상과 어떻게 맞아떨어지는지 보여준다

세르게이 로반의 영화 〈샤피토 쇼〉(2011)의 경우 프랑스에서는 하계 시즌 동안 슬며시 개봉돼 버렸지만 러시아에서는 컬트 무비로 자리 잡았다

이 영화에서는 '구소련 최고의 낭만적 영웅'이라 불리던 한 인물에 대한 존경의 마음을 위트 있게 담아낸다

하지만 빅토르 최의 전설에 관심을 둔 것은 영화계만이 아니었다

그의 사후에 관련 도서들도 다수 출간됐으며 낭만주의의 표상이자 최후의 반항아, 빅토르 최의 모습을 담은 조각상도 여럿이다

2009년 상트페테르부르크에 세워진 그의 조각상 외에도 2018년에는 영화가 촬영된 알마티에서 〈이글라〉에 등장하는 떠돌이 자객 모로의 모습으로 그의 조각상이 세워졌다

뿐만 아니라 러시아 도처에 그의 이름을 딴 거리나 공

원이 존재한다

2018년 말 프랑스에서 개봉한 영화 〈레토(여름)〉(8)에서 키릴 세레브렌니코프 감독이 빅토르 최의 초창기 시절에 대해 짚어보는 한편(나는 이 영화에서 빅토르 최가 기타를 메고 숲을 지나오던 장면이 가장 좋았다), 그의 사망 1년 후 세상을 뜬 언더그라운드 록 가수 마이크 나우멘코와의 만남에 대해 다룬 이유는 단지 과거 속에 잊힌 한 인물을 되살리기 위함만은 아니었다

그보다는 모두에게 친숙하고 모두가 아끼는 이 인물이 오늘날 가지는 의미를 재해석하려던 의도가 더 컸다

우울하면서도(아니다, 그는 상징적이고도 시적인 가사의 노래를 묵직한 저음으로 아름답게 노래한다) 변화에 대한 열망을 담은 그의 노래는 오늘날 또다시 우리의 마음속을 예리하게 파고든다

감미로우면서도 서글픈 순간으로 영화를 마무리한 것 또한 감독 나름의 의도가 있다

지난 역사를 돌이켜보면 빅토르 최의 세대가 꿈꾸던 혁명은 미완의 상태이기 때문이다

빅토르 최는 이제 막 변화의 조짐이 이는 세상 앞에서

무너진 희망을 상징하는 인물이자 자기 안으로 파고들
고자 하는 자유에 대한 채워지지 않는 욕구를 표상한다

손에는 담배를, 탁자에는 찻잔을
그 외 나머지는 모두 우리의 내면에 있다

(3) 이태준, 「고완古翫」, '우라지오스토그'는 '블라디보
스토크'

(4), (5) Alexandre Jitinski & Marianna Tsoi, 『빅
토르 최의 시와 기억, 그리고 관련 기록들[Viktor Tsoi, Poemes, souvenirs, documents]』(러시아어), Novy Gelikon, Saint-
Petersbourg, 1991

(6) Rchid Nougmanov, '야하[Yahha]', Y ahha.com 사
이트 인터뷰(러시아어)

(7) Lev Gankin, '나는 변화를 원한다!—키노의 노래
는 어떻게 러시아에서 정치적 슬로건이 됐으며, 빅토
르 최는 왜 이를 원하지 않았나?'(러시아어), ⟨Meduza⟩,
2017년 6월 20일, https://meduza.io

(8) 영화 ⟨레토⟩는 감독의 두 번째 프랑스 개봉작으로,

앞서 2016년 〈사제〉가 프랑스에서 개봉된 바 있다, 하지만 키릴 세레브렌니코프 감독이 영화계에 입문한 건 1990년대로 거슬러 올라가며 〈레토〉는 2001년 칸 영화제에서 최우수 OST 부문의 상을 받았다, 국내에 〈레토〉가 개봉될 당시에 세레브렌니코프 감독은 러시아 당국에 의해 수감된 상태였다, 빅토르 최 역으로 나왔던 유태오가 참여한 시사회에서 나는 이 영화를 봤다

(9) (2) 빅토르 최는 외제니 즈본키네[Eugenie Zvonkine]가 〈르몽드〉에 발표한 것을 변형하여 인용한 것이다, 몇 구절을 읽고 외제니 즈본키네 역시 불란서 고아인 것을 바로 알았다, 불란서 고아들은 언젠가는 만난다, 무한의 창가에서, 손에는 담배를 탁자에는 찻잔을 두고서

ⓒ 장드파

*

펑펑펑 눈이 내리는 암살의 시대다(10)

눈은 오브제 오마주 오랑캐

눈은 먼 곳으로부터 왔다가 다시 먼 곳으로 사라진다

(10) 아르튀르 랭보, 「암살의 시대^{Voici le temps des Assassins}」

「암살의 시대」를 쓴 랭보에 대해 말라르메는 이렇게 말한다

나는 그를 알지 못했지만 어느 문학 모임에서 한 번 본 적이 있었다

그는 키가 컸으며 운동선수처럼 강인해 보였다

갸름한 얼굴은 추방당한 천사와 같았고 빗질하지 않은 밝은 갈색 머리는 헝클어져 있었고 눈동자는 옅은 푸른색이었으며 출판되지 않은 아름다운 시를 써나간 손은 농부의 손처럼 커다랬다

짐 모리슨을 죽음으로 데려간 건 무엇이었나(11)

빅토르 초이(12)는 이 시에 왜 다시 등장하는가

눈은 밤새도록 내리고 도마뱀의 왕은 짐을 바라보는데

빅토르 최는 빅토르 초이를 하염없이 바라보는데

나는 어찌하여 그대와 다르고 그대는 왜 나와 달라야 하는가

눈을 들어 하염없이 떨어지는 눈발을 바라보면

떨어지던 눈발은 왜 잠시 허공에 멈춰 서서

내 눈동자를 바라보는가

눈의 이름을 묻는다

눈의 이름을 묻는다

시는 시에 대한 일종의 파업 상태에 있다

(11) 1971년 3월 13일 짐과 그의 여자 친구 파멜라 커슨은 센 강과 바스티유 구역 사이에 있는 보트레이 거리 17번지의 수수한 아파트로 이사했다

그가 파리에서 살기로 한 이유는 시인이 되기 위해서였다

외모가 바뀐 탓에 사람들은 짐을 잘 알아보지 못했다

오후가 되면 그는 카페 드 플로르의 테이블에 앉아 혼자서 맥주를 마셨다

간혹 누가 말을 걸어오면 그는 공손한 태도로 조용히 대꾸했다

그는 매일매일 자신의 아파트에서 공책과 신문 기사 오려낸 것들에 둘러싸인 채 타자기 앞에서 시를 쓰며 시간을 보냈다

영화감독이었던 아네스 바르다는 그가 노래를 멈추고 무대 한편에 앉아서 담배를 피우던 모습을 기억하고 있다

그럴 때면 관객들은 숨을 멈췄다

공연장에는 마지막 숨을 내쉬기 직전과 같은 침묵이 잠시 흘렀다

죽기 얼마 전인 6월 말경 플로르 카페에서 짐을 만났던 친구들은 짐이 주로 시에 대해서 얘기했다고 기억한다

7월 3일 짐의 사망에 대한 두 가지의 상반된 기록이 있다

첫 번째 내용은 건강에 문제가 없어 보였고 기분도 좋아 보였던 짐이 욕조 안에서 잠든 것처럼 죽었다는 것

두 번째 내용은 짐 모리슨이 7월 3일 밤에서 4일 새벽까지 파리 시내의 로큰롤 서커스에 있었는데 몸이 별로 좋지 않은 상태에서 헤로인을 맞았을 가능성이 있다는 것

로큰롤 서커스의 화장실은 옆의 알카자르 클럽의 화장실과 통해 있었고 짐은 그곳에서 의식 불명 상태로 발견됐다는 것

그러나 나는 분명한 진실을 알고 있다

짐 모리슨의 죽음은 약물 과다복용으로 인한 돌연사

가 아니다

짐을 죽음으로 몰아간 것은 개인의 의지도 타인의 계략도 아니었다

그를 죽음에 이르게 한 것은 단 한 편의 시였다(13)

(12) 빅토르 초이는 1962년 6월 21일, 소련 레닌그라드에서 아버지 로베르트 막시모비치 초이(최동열)와 우크라이나계 러시아인 어머니 사이에서 슬하 무녀독남 외동아들로 출생하였다

친조부 막심 초이(최승준)는 본래 대한제국 함경북도 성진 출생이었고 후일 일제 강점기 초기에 러시아 제국으로 건너간 고려인 출신이었다

소련 레닌그라드에서 출생하였으며 지난날 한때 소련 카자흐스탄 사회주의 자치공화국 크질오르다에서 잠시 유아기를 보낸 적이 있는 빅토르 초이는 17세 때부터 노래를 작곡하기 시작했으며 초기 곡들은 레닌그라드 거리에서의 삶, 사랑과 친구들과의 어울림 등을 다루고 있다

노래의 주인공은 주로 한정된 기회만이 주어진 채 각박한 세상을 살아나가려는 젊은이였다

이 시기에 록은 레닌그라드에서만 태동하고 있던 언

더그라운드의 한 움직임이었으며 음악 차트 등의 대중 매체들은 모스크바의 팝 스타들이 장악하고 있었다

소련 정부는 자신들의 입맛에 맞는 가수들에게만 허가를 내주었고 집과 녹음실 등 성공에 필요한 많은 것들을 제공하여 길들였다

그러나 록 음악은 그 당시 소련 정부에게 너무도 마땅치 않은 음악이었다

록은 자본주의 진영의 록 그룹의 영향을 받았다는 것 외에도 젊은이들을 반항적으로 만들었으며 의사 표현의 자유 등 표현 관련 가치를 중시했다

따라서 록 밴드들은 정부로부터 거의 원조를 받지 못했고 관영 매체에 의해 마약 중독자나 부랑자라는 편견으로 그려지는 수준이었다

빅토르 초이는 레닌그라드에 있는 세로프 미술전문학교에 입학하였으나 결국 1977년에 퇴학 처분을 받았다

그 후 레닌그라드 기술전문학교에서 목공업을 공부하였으나 적성에 맞지 않아 또 중퇴하였다(이와 같은 사항들로 인하여 그의 학력은 전문대학 중퇴다)

그러나 그는 그럼에도 불구하고 계속 록 음악에 열성

적으로 참여한다

이 시기에 이르러 그는 보일러 기사로 일을 하면서 파티 등의 장소에서 자신이 만든 곡을 연주하기 시작한다

그러던 중 한 연주를 록 그룹 아쿠아리움의 멤버였던 보리스 그레벤시코프가 보게 되어 그레벤시코프의 도움으로 그는 자신의 밴드를 시작하게 된다

당시 레닌그라드의 록 클럽은 록 밴드들이 연주할 수 있던 소수 장소에 속했다

이곳의 연중 록 콘서트에서 빅토르 초이는 처음 무대에 데뷔하게 된다

그는 두 명의 아쿠아리움의 멤버들이 연주를 맡은 가운데 솔로로 연주한다

그의 혁신적인 가사와 음악은 청중을 사로잡았다

그는 아무도 하지 않았던 새로운 것을 창조하기 위해 실험적으로 가사와 음악을 만들었다

이런 시도는 성공을 거두고 데뷔 이후 얼마 지나지 않아 멤버들을 모아 '키노'를 결성한다

그들은 빅토르 초이의 아파트에서 데모 테이프를 만들고 이 테이프는 처음엔 레닌그라드, 그리고 나중에는

전국의 록 마니아들에게 퍼지게 된다

1982년 키노는 첫 앨범인 〈45〉(소로크 피아트, 러시아어로 45라는 뜻)를 발표한다

이 앨범의 이름이 '45'로 정해진 것은 이 앨범의 재생 시간이 총 45분이었기 때문이다

후에 〈46〉(소로크 쉐스찌)라는 앨범도 냈다

이 앨범에서 빅토르 초이는 음악에 정치적 목소리를 내려는 의지를 내비친다

〈엘렉트리치카Elektrichka〉(소련의 광역 전철)라는 노래는 전차에 실려 원하지 않는 곳으로 가고 있는 사람의 이야기를 다룬다

이런 가사는 분명히 당시의 소련에서의 삶을 은유한 것이었으며 이 노래는 공연이 금지된다

이 노래의 메시지로 노래는 반항 운동을 하던 젊은이들 사이에 유명해지며 키노와 빅토르 초이는 그들의 우상으로 떠오른다

제2회 레닌그라드 록 클럽 콘서트에서 키노는 자신의 정치색을 더욱 분명히 드러낸다

키노는 빅토르 초이의 반전음악 작품인 〈내 집을 비핵

화지대로 선포한다)로 1등을 차지하고 이 노래는 당시 수만의 소련 젊은이들의 목숨을 빼앗고 있던 소련의 아프가니스탄 침공으로 더욱더 유명해진다

1987년은 키노의 해였다

7집 앨범 〈혈액형^{Gruppa krovi}〉은 '키노마니아'라 불리는 사회현상을 불러일으킨다

글라스노스트로 조금 더 개방적이 된 정치 상황은 그의 가장 정치색이 짙은 앨범인 〈혈액형〉을 만들 수 있게 했다

그러나 앨범의 메시지만이 청중을 사로잡은 것이 아니었고 앨범에 담긴 음악 또한 이전에는 듣지 못하던 것이었다

대부분의 곡은 소련의 젊은이들을 향한 외침이었으며 능동적으로 나가서 국가를 변화시키라고 호소했다

몇 개의 노래는 소련을 옥죄고 있던 사회문제들을 다루고 있다

이 앨범은 빅토르 초이와 키노를 러시아 젊은이들의 영웅으로 등극시켰다

1988년에는 영화 〈이글라〉의 주연으로 영화배우로 데

뷔하기도 하였다

이후 몇 년간 그는 몇 편의 성공적인 영화를 찍었으며 영화제에 그의 영화를 홍보하기 위해 미국을 다녀오기도 했다

이후 몇 개의 앨범이 더 나왔으며 대부분이 정치적 메시지를 담았으며 밴드는 인기를 유지했다

그는 당시 소련 젊은이 모두의 우상이었지만 그런 것에 비하여 그는 소위 비교적 보통 수준의 삶을 살았다

그는 캄차트카라 불리는 아파트의 보일러실에서 살며 일했다

그는, 자신의 직업을 즐기고 있으며 정부의 보조를 받지 못하고 있고 자신들의 앨범은 공짜로 복제되어 퍼지기 때문에 밴드를 유지하기 위하여서라도 약간의 돈이 필요하다고 밝혔다

이런 소박한 삶의 방식은 대중들이 그와 더욱 친밀함을 느끼기에 매우 충분했다

1990년 키노는 모스크바의 레닌 스타디움에서 콘서트를 열어 6만 2000의 팬들을 모았다

1990년 8월 14일 다음 앨범의 녹음을 마쳤으며 레닌

그라드에서는 다른 멤버들이 녹음을 위해 기다리고 있었다

그러나 8월 15일 아침 소련 라트비아 소비에트 사회주의 공화국 투쿰스에서 빅토르 초이가 운전하던 차가 마주 오던 버스와 충돌하였고 그 사고로 죽고 말았다

그가 운전하였던 차는 형체를 알아볼 수 없도록 망가졌으며 타이어 하나는 결국 찾지 못했다

여러 사람들의 증언에 의하면 KGB가 의도적으로 초이를 살해했다고 한다

평소 반전과 평화 사상을 주장하던 초이가 러시아 권력자들의 눈 밖에 났다는 것이다

실제로 버스 기사가 종적을 감추고 초이에게 유리한 목격자들의 증언이 기각되었으며, 낚시를 좋아하던 초이는 졸음운전을 전혀 하지 않았으며 오히려 버스가 초이의 차로 돌진했다는 것, 시체가 봉인된 관에 담겨 가족에게도 공개되지 않은 채 서둘러 매장되었다는 사실 등 의문스러운 점이 한두 가지가 아니지만 현재 러시아 경찰과 정부는 27년 동안 이 사안에 대해 철저히 침묵하고 있다

1990년 8월 17일 소련의 유력 잡지인《콤소몰스카야 프라우다》는 다음과 같이 그의 죽음의 의미를 간추린다

빅토르 초이는 우리나라 젊은이들에게 다른 어떤 정치인들보다도 중요하다

왜냐하면 그는 한 번도 거짓말하거나 자신을 팔아먹은 적이 없었기 때문이다

그는 빅토르 초이였고 그렇게 기억될 것이다

그를 믿지 않을 수 없다

대중에게 보인 모습과 실제 삶의 모습이 다름없는 유일한 로커가 빅토르 초이이다

그는 그가 노래 부른 대로 살았다

그는 록의 마지막 영웅이다

놀랍게도 교통사고에서 온전하게 건질 수 있었던 유일한 것은 다음 앨범에 쓰일 그의 목소리를 담은 테이프였다

목소리는 남은 멤버들의 나머지 녹음과 합쳐져 현재는 '블랙 앨범'으로 불리는 앨범으로 남아 있다

이 유작 앨범은 밴드의 가장 인기 있는 작품이고 러시아 록 역사에서 키노의 자리를 확고하게 했으며 빅토르

초이를 최고의 영웅이자 전설로 만들었다

빅토르 초이는 아직도 러시아 전역에서 흔적을 남기고 있다

레닌그라드 벽에는 그에 대한 그래피티가 그려져 있고 모스크바의 아르바트 거리에는 한 벽 전체가 그에게 헌정되었으며 그곳에는 그를 기리기 위해 수시로 팬들이 모인다

사망 10주기였던 2000년에는 러시아의 록 밴드들이 모여 빅토르 초이의 38번째 생일을 맞아 빅토르 초이의 헌정 음반을 만들었다

2010년 8월 16일은 그의 20주기로 러시아 곳곳에서 추도식이 있었다

또한 2018년에는 그와 그 주변의 일대기를 다룬 영화인 〈레토〉가 개봉되었으며 한국에는 2019년 1월 개봉되었다

〈레토〉는 칸 영화제에서 사운드트랙 필름 어워드를 수상하였다

빅토르 초이가 죽었을 때 그의 나이는 만 28세였다

(13) 삶은 일종의 삶에 대한 파업 상태를 유지할 때 충분히 고독해지고 아름다워진다

짐의 관심사는 보들레르와 랭보를 불러낼 수 있는 도시인 파리에서 시를 쓰는 데 있었다

짐은 샤를르 보들레르가 멋쟁이 댄디 청년 시절을 보냈던 케당주 17번지의 로쟁 호텔을 보기 위해 일생 루이 지역을 돌아다닌 바 있다

센 강의 왼쪽 둑에 있는 몽파르나스는 짐이 파리에서 제일 좋아했던 지역이었다

그는 오스카 와일드가 한때 살다가 죽은 보자르 거리의 조그만 호텔에서 잠시 묵기도 했다

짐은 생제르맹데프레 구역의 카페 거리와 카페의 단골손님들에 대해서도 알고 있었다

카페 르슬렉의 피카소 카페 되 마고의 장드파 그리고 카페 드 플로르의 자기 자신까지도

헤밍웨이가 그랬고 에즈라 파운드가 그랬고 헨리 밀러가 그랬던 것처럼

그는 미국을 떠나 파리로 자발적인 유배를 떠났고 7월

3일에서 4일 사이 삶을 마감했다

1971년 죽기 전까지 파리에서 보낸 몇 달이 짐의 가장
아름다운 삶이었다

짐은 페르라셰즈에 묻혔다

묘비에는 '짐 모리슨 1943~1971'이라고만 새겨져 있다

이것이 그가 남긴 단 한 편의 시였다, 만 27세였다

*

옛날은 눈이 내리는 밤이었다

눈이 내리는 밤은 모두 옛날이었다

25

그가 힘겹게 문을 열자 카페 문밖에는 온통 눈을 맞아
거의 설인처럼 보이는 사람이 서 있었다, 뉘신지요?

그인지 그녀인지 사람인지 유령인지 도무지 구분이

가지 않는 한 덩어리의 눈사람은 좀체 말이 없다, 마치 거대한 침묵과 조우한 듯 그는 잠시 당황했다, 누구세요? 이렇게 밤늦은 시각에!

저는 일전에 이 카페를 예약했던 사람입니다, 그런데 예약일로부터 벌써 한 달이 지났네요, 이곳은 이 세상으로부터 왜 이렇게 먼가요? 그동안 눈은 왜 또 하루도 빠짐없이 그렇게 쏟아지는지, 한 달을 걸어 이곳에 겨우 당도했네요, 일단 안으로 좀 들여보내 주세요, 전 지금 아사 직전, 동사 직전이거든요

목소리를 들어보니 언젠가 들어본 적 있는 낯익은 목소리였다, 여자였다, 밤늦게 찾아온 손님을 카페 안으로 안내하고 그녀의 뒷모습을 보며 그는 속으로 중얼거렸다

엄청나군, 한 달을 걸어 카페에 당도하다니! 이 카페가 세상의 끝에 있는 카페도 아닌데 이 폭설을 뚫고 한 달을 걸어오다니!

한 달 전에 카페를 방문하겠다고 예약했고 한 달 만에 걸어서 카페에 당도한 여자는 난로 곁에 있는 자리에 앉자마자 눈에 덮인 겨울용 코트의 모자를 벗었다, 모두들 그녀를 쳐다보았다, 아, 갱스부르 송!

그는 주방으로 가 일단 뜨거운 물부터 끓이기 시작했
다, 그리고 뜨거운 국물 요리를 만들기 시작했다, 창밖을
보니 눈발은 말발굽 소리를 내며 여전히 허공을 말달리
고 있다

26

갱스부르 송이 다시 파리로 떠나고 소설 대설 다 지나
동지 가까울 무렵이었다, 누군가 어깨에 기타를 메고 카
페로 걸어왔다, 창문으로 바깥 풍경을 보던 그는 단숨에
걸어오는 이를 알아볼 수 있었다, 그의 오랜 친구 빅토
르 최였다

빅토르는 작년 이맘때 이곳 이절 캄차트카에서 그와
함께 한 달을 지냈다, 그리고 서서히 눈발이 잦아들 무
렵 이곳을 떠났다, 갱스부르 송처럼 언제 다시 오겠다는
말도 없이 빅토르는 훌쩍 떠났다, 그런 빅토르가 꼭 일
년 만에 다시 이곳으로 돌아온 것이다

오늘 저녁에는 술 좀 마시겠군!

문을 열고 들어오며 그는 소리쳤다

헤이, 빅토르! 그동안 별일 없었나?

빅토르는 어깨를 으쓱하며 말없이 웃었다

빅토르는 눈을 워낙 좋아했다, 여기는 자신이 거주하는 상트페테르부르크보다 눈이 더 많이 온다며 좋아했다

자넨 왜 그렇게 눈을 좋아하나?

물어볼 때면, 빅토르는 씨익 웃으며 대답하곤 했다

난 눈 속에서 태어났거든 그러니 눈이라면 사족을 못 쓸밖에!

무슨 노랠 불러줄까?

빅토르가 그에게 물었다

난 자네 노래라면 다 좋아, 〈뻐꾸기〉〈혈액형〉〈슬픔〉〈담배 한 대〉〈여름〉〈우리는 변화를 원한다〉, 뭐든 좋아!

빅토르가 마이크 앞에 앉아 기타를 치며 노래를 불렀다

노래를 들으며 그는 술을 마셨다, 창밖으로는 위구르 위구르 바람이 분다, 바람에 떠올라 어디론가 달려가는 눈발들은 누군가의 망명정부처럼 허공에 떠 있다

27

그는 지난겨울의 이절을 생각하며 눈 내리는 파리의 밤길을 걷고 있다, 문득 친구인 오랑캐 이 강이 쓴「불란서 고아의 지도」라는 시가 떠올랐다, 시를 떠올리는 순간, 시 구절들은 영화관 스크린의 자막처럼, 프롬프터의 글자처럼 허공에 나타났다 사라진다, 그는「불란서 고아의 지도」를 소리 내어 읽으며 천천히 코케인을 향해 걸어간다

파리 리슐리외 도서관에 앉아 불란서 고아의 지도를 그리다 보면 밤이 오고 있을게요

어둠이 어슬렁거리며 다가오는 저녁이면 나는 그대와 함께 따스한 불빛이 있는 주점으로의 망명을 꿈꾸고 있을게요

12월의 파리는 바람이 불고 비가 내리고 가끔은 눈발이 날리지만 이곳엔 영혼의 동지들이 있으니 그리 춥지는 않을게요

지금쯤 카페 로통드에선 모딜리아니가 손가락 구멍이 뚫린 장갑을 끼고 장 콕토의 초상화를 그리고

에즈라 파운드는 헤밍웨이를 꾀어내 술을 마시기 위해 클로즈리 데 릴라로 가고 있을게요

로트렉은 물랭루주로 가기 위해 몽마르트르 언덕을 천천히 내려오고 위트릴로는 세탁선과 테르트르 광장을 지나 포도밭 쪽에 있는 라팽 아질로 가고 있을게요

밤의 도서관에 앉아 불란서 고아의 지도를 그리다 보면 밤하늘엔 달무리가 돋아나고

퓌르스탕베르 광장 들라크루아 박물관 다락방을 빠져나온 장드파는 콧수염을 휘날리며 몽파르나스 쪽으로 산책을 시작할게요

되 마고와 플로르를 지나온 바람은 몽파르나스 쪽으로 불고

지금 몽파르나스엔 비가 내리고 비는 잠시 후 눈발로 바
뀌겠지만

몽파르나스엔 아직도 망명 중인 레닌이 잠시 자전거를 세
워두고 카페 르 돔에 들러 한 잔의 차를 마시고 있을게요

그 옆엔 카페 쿠폴이 있지요

목재와 석탄을 쌓아두던 창고를 개조한 예술가들의 카페

공연을 할 때면 400석가량의 자리를 마련할 수 있다는
붉은 차양 모자를 쓴 쿠폴

오늘 저녁엔 우리 함께 쿠폴에서 공연을 해요

공연이 끝나면 '밤의 허기'라는 메뉴로 저녁 식사를 하
고 동무들과 함께 밤새 술을 마셔요

여전히 퓌르스탕베르 광장엔 비가 내리고 밤이 깊어지

면 비는 눈으로 바뀌겠지만

누군가 두고 온 다락방은 밤새 또 누군가의 내면처럼 천
천히 젖어가겠지만

따스한 햇살이 비치는 아침이 올 때까지

다락방이 다 마를 때까지

오늘 밤은 불란서 고아의 지도를 따라가며 밤새 술을 마
셔요

생제르맹데프레 성당에 잠든 데카르트가 아직 잠에서
깨기 전

센 강의 아침 안개가 아직 한 마리 하얀 새처럼 날아가
기 전

시를 다 읽었을 때 그는 어느새 코케인 건물에 당도해

있었다, 온몸을 뒤덮은 눈을 털고 2층 코케인을 향해 천천히 계단을 올라갔다, 코케인의 문을 열자 음악 소리가 들려왔다, 소리의 빛, 빛의 소리, 물질적 황홀이 허공을 가로질러 그의 심장에 와 박혔다, 그것은 영원의 소리였다

파리의 등불들이 하나둘 꺼지며 아침이 밝았다, 갱스부르 송은 밤새 카페에서 노래를 불렀다, 외계 점령군에 의해 많은 가수들이 사라진 시대에 살아남은 몇몇 사람들이 밤이면 몰래 그곳으로 스며들어 노래를 부르고 술을 마시며 지구의 독립에 대한 자신들의 생각을 말했다, 일종의 저항군들이었다, 몇몇은 그곳을 '생의 주점'이라 불렀고 몇몇은 그곳을 '코케인'이라 불렀다, 지구 위에 남은 최후의 거점이었다

카지노의 별과 달

이승하

이승하 | 1984년 중앙일보 신춘문예 시 당선. 1989년 경향신문 신춘문예 소설 당선. 시집 『우리들의 유토피아』 『뼈아픈 별을 찾아서』 『사람 사막』 등이 있고, 소설집 『길 위에서의 죽음』이 있다.

아내가 사라졌어. 그녀는 이혼 서류에 도장을 찍고는 지금 필리핀에 가 있어. 웬 잘사는 놈팡이와 살림을 차렸다는데 부귀영화는커녕 쪽박을 차게 될 거야. 카지노의 딜러인 나(지금은 그보다 한 단계 승진해 있지만)를 팽개치고 카지노계의 황태자인지 2인자인지 모를 졸부인 그를 좇아 필리핀에 가 있어. 필리핀의 암흑세계는 한국보다 훨씬 위험한데 계속 그 위험한 동네에서 살 건지. 그녀의 두 번째 남편은 보이스피싱 집단의 보스가 아니면 필리핀 도박업체의 한국인 담당 총괄본부장쯤 하고 있을 거야. 내가 아버지 장례를 치렀을 때 집의 유일한 며느리가 장례식장에 없어서 무척 난감했지. 나의 이혼을 친척들은 모르고 있었으니까.

내가 예전에 본 영화 중 〈타짜〉라는 게 있었어. 1편에 이어 2편, 3편까지 만들어졌는데 감독도 내용도 주연배우도 다 달라서 사실은 다른 영화인데 허영만 원작 만화

『타짜』가 워낙 유명하니까 다른 이름을 안 붙인 것 같아. 내 기억이 틀림없다면 1편은 화투놀이 중 섯다를, 2편은 고스톱을, 3편은 포커를 다뤘을 거야. 이 영화 3편을 다 본 것이 내가 이 직업을 갖게 된 가장 큰 이유야. 고등학생 때 제1편을, 대학생 때 제2편을, 군 복무 중 휴가 나와서 제3편을 봤는데 도박하고 싶은 생각은 전혀 들지 않았고, 도박하는 사람들의 표정을 보고 싶었지. 전생에 난 관상쟁이였을 거야.

언젠가 디즈니플러스에서 드라마 〈카지노〉를 몇 달 동안 했었지. 최민식·손석구 등 내가 좋아하는 배우들이 나와서 보려고 했는데 시간이 영 안 나서 보진 못했어. 최홍일이라는 배우가 찌질한 '호구' 역할을 기가 막히게 했다는 보도를 인터넷 화면으로 본 기억이 나네. 내 고3 때 짝꿍 이름이 최홍일이어서 눈에 띈 기사였지. 쉬는 시간에도 공부만 하는 참 찌질한 애였지.

나는 주식회사 강원랜드의 정식 직원이야. 강원랜드 안에 감사실·기획조정실·안전실·홍보실·인재경영실·재무관리실·경영전략실·디지털혁신실·마케팅실 등이 있지만 핵심부서는 역시 카지노정책실과 카지노영업실이지. 아, 카지노 사업 외에 또 다른 사업체인 레저영업실과 호텔콘도영업실도 주요부서지. 하지만 알 만한 사람은 강원랜드 하면 카지노를 떠올려. 사실상 카지노 관련 부서는 수익을 올리는 부서고 다른 부서는 이곳을 지원하는 부서라고 할 수 있지.

강원랜드에서 딜러로 일한 지도 만 9년이 다 돼가네. 내가 어렸을 때 영화나 드라마에서 봤던 그 '딜러'를 직업으로 갖게 될 줄이야. 3개월 동안 서비스 교육을 받았지. '딜링'에 대한 구체적인 직무교육을 말이야. 영화나 드라마에서 말쑥하게 차려입은 딜러를 보고선 꽤 매력적인 직업이라고 생각했지만 교육받는 3개월 동안 내가 만만한 직업을 택한 게 아님을 깨닫게 되었지.

딜러는 말이야, 돈을 다루는 직업이야. 고객은 돈을 따고 싶어 카지노에 왔는데 대체로 탈탈 털리고 가지. 딜러는 그 고객과 1미터도 안 되는 거리에서 직접 서비스해야 하니까 그 사람의 성격이나 특징을 잘 파악해야 해. 어떤 날은 한 명 고객과 한참을 같이 보낼 수도 있지. 비록 공개된 홀 안에서이지만 신혼여행 온 것처럼 며칠을 같이 보낼 수도 있고.

여기 있다 보면 어떤 사람과는 사흘돌이로 만나니까 가볍게 목례를 나누는 사이가 돼. 지인이 된 그 사람이 사라지면 영 불길한 생각이 들어. 말쑥했던 사람이 초췌해진 모습으로 바뀌는 것도 종종 있는 일이야. 여자와 장시간 같은 공간에 있다 보니 참 이상한 기분이 들기도 해. 이 여자랑 내가 전생에 부부였나? 남 대 남이면 전생에 부자지간이었나 형제지간이었나? 이게 도대체 무슨 인연이지 하는 생각이 들어.

내 앞에서 돈을 딴 사람은 나를 다시 찾는 경우가 많아. 협업했다고 생각하는 거지. 구태여 나랑 하겠다고 한 시간도 기다리고 두 시간도 기다려. 저 친구랑 나랑 맞는 거야 생각하고는 내 앞에 와서 다시 하는데 결국은 쪽박 차고 사라지지. 그 사람 지금 어디서 뭘 하고 있을까 생각하면 안쓰럽기도 하지만 여기서 동정심 같은 거 가지면 명이 주니까 직업정신에 투철해야지. 직업정신!

게임을 진행하면서 고객의 칩을 만질 때면 진지해야 하고 단호해야 해. 온정? 배려? 친절? 관심? 우리 사회를 굴러가게 하는 건 명백히 돈이지 뜨뜻미지근한 정이 아니야. 불가근 불가원! 친절하게 대해야 하지만 인간적인 관계 맺음은 철저히 배제해야 해. 여기선 탈탈 털려 절망한 고객에게 동정의 눈빛도 보내면 안 돼. 신세 망친 아저씨를 보더라도 속으로만 혀를 차야지 동정심을 발휘해 위로의 발언도 하면 안 돼. 이제 여긴 오지 마세요. 어차피 잃게 돼 있어요. 이런 말을 입 밖에 냈다간 큰일 나지. 마음속으로만 혀를 차야 해. 카지노에 와서 금의환향할 생각을 했어요? 어차피 돈 잃으러 오신 거잖아요. 그래도 딸 때는 재미있었죠? 그런 말도 속으로만 해야 하는 거야.

간혹 고객들이 진담인지 농담인지 모를 말을 건넬 때가 있지.

"오늘 퇴근하고 저녁 식사 어디서 해요? 기분인데 최고급 한우 등심 쏘겠습니다."

웃기지 말라고 그래. 그 고기 먹었다간 그 주 안으로 도살장의 소처럼 내 목이 잘려. 명함을 내밀며 이렇게 말하는 고객도 있지.

"여기다 계좌번호 적어줘요. 오늘 딴 거 백분의 일만 쏘겠습니다. 농담 아니에요."

미소 띤 얼굴로 나는 이렇게 말하지.

"그거 받고 저 잘리면 제 남은 인생 책임질 수 있습니까?"

나야말로 농담 아니야. 내가 노숙자야? 공기업 정식 직원을 도대체 뭘로 보는 거야. 아, 여기서 도박하다 재산 다 털리고 노숙자가 된 사람들도 있어. 셀 수도 없어. 이 일대에 주인이 전당포에 맡겼다가 못 찾아가는 차가 수백 대야.

대체로 딜러 앞에 서서, 혹은 슬롯머신 앞에 앉아서 도박하는 고객은 신경이 엄청나게 날카로워. 메인 홀에서나 개별 룸에서나 슬롯머신 앞에서나 돈 따려고 혈안이 된 사람들이 베팅한 돈이야 천차만별이지만 결코 푼돈이 아니거든. 거금이 자기한테 들어올 수도 있고 몽땅 나갈 수도 있으니 얼마나 신경이 곤두서겠어. 그런 고객들 앞에서 냉정함을 잃지 말아야 하니까 나 또한 신경이 날 선 칼이 되는 거야. 내가 자기 아들 혹은 동생 나이와 거의 같을 거라면서 종일 서서 일하는 게 힘들지 않은지 물어봐 주는 친절한 분들도 간혹 계셔. 고맙지. 그런 덕담을 나는 건넬 수 없으니 어떤 때는 답답해.

쉴 새 없이 돌아가는 EGMs^{Electronic Gaming Machines} 소리와

카드 소리를 종일 들으면서 살지. 따르르, 차르르르, 뽕 뽕, 떼구루루. 여기에 사람들이 내지르는 환호성과 탄식 소리가 뒤섞이지. 혼자 내지르는 '제기랄' '에이씨' 정도 는 들어줄 만한데 '씨팔'이나 '좆같네' 같은 욕은 아무리 들어도 적응이 안 돼. 돈 잃고 혼자 하는 말이지만 이상 하게 욕은 듣기가 싫어. 비발디의 〈사계〉도 매일 들으면 질릴 텐데, 나는 여기서 이런 소리를 매일 엄청나게 들 어. 이런 말을 특별히 많이 듣는 날은 돈 잃은 사람이 그 만큼 많다는 뜻이지. 그런 날은 딜러인 나도 정신적으로 무진장 피곤해. 딜러는 오래 할 직업은 아냐.

우리 딜러들도 생활이란 게 있잖아. 구내식당은 뻔할 뻔 자고 생일 축하는 그래도 밖에서 해야 하지 않겠어? 퇴근 후에 다섯 사람이 정겹게 식사를 하는데 다른 자리 의 일행이 식사가 끝났는지 우르르 나가는 것이었어. 그 중 카드를 꺼낸 사람이 우리 일행을 가리켰지. 중년 신 사였어.

"저기 계신 분들 여기 카지노의 딜러들입니다."

그는 우리가 누구인지 이미 알고 있었고, 카운트에 서 있는 지배인에게 이 말을 한 뒤에 우리를 향해 반갑다는 듯이 손을 흔들더라.

"오늘 수고 많았습니다. 제가 오늘 막판에 큰 거 한 건 할 수 있었던 건 저 가운데 계신 분의 수고가 있었기 때문입니다. 식사비를 제가 내겠습니다."

우리는 손사래를 치며 일제히 벌떡 일어났지.

"아닙니다! 그러시면 안 됩니다!"

내가 안 되겠다 싶어 그러지 마시라고 만류하러 걸어가는데 그는 카드를 꺼내 카운터 앞에 서 있는 이에게 주면서 눈을 끔뻑했고, 빨리 계산하라고 손짓까지 하는 게 아니겠어? 아아, 나는 한발 늦어 양 테이블 식사비 계산이 끝난 바로 그 순간에 카운터 앞에 서게 되었지. 따낸 판돈이 제법 커 기분이 좋아진 그는 일행에게 한턱내는 김에 그 현장에 있던 나와 동료 딜러들에게도 밥을 산 셈이 되었지. 계산을 끝낸 그가 식당 문은 열고 막 나서려다가 우리를 돌아보았지.

"오늘 게임하면서 딜러들한테 제가 짜증을 많이 냈어요. 초장에 영 안 되니까 그만……. 미안해서 계산했어요. 큰돈도 아니고 저녁값 몇만 원입니다. 어디 가서도 얘기 안 할 테니까 같이 식사한 걸로 생각하세요. 진심

이에요.”

그는 이 말을 남기고는 식당 문을 열고 바람처럼 사라졌지. 카운터 앞에 선 우리 일행 다섯 명이 난감한 표정으로 서 있으니 지배인은 웃으며 이렇게 말하는 게 아니겠어?

“큰돈이면 대가성이라고 할 수 있지만 십만 원 정돈데요 뭘. 어서 가서 식사 마저 하세요.”

우리는 자리로 돌아가 식사를 계속했어. 선배 한 사람의 생일이라서 식사 후 맥주도 마시면서 기분을 좀 내려고 했는데 영 기분이 다운되고 말았지. 맥주는 2차에 가서 마시기로 하고 식사를 마치고 나가면서 나는 카운터의 지배인에게 카드를 내밀었지.

“아까 계산하신 분 한두 번은 이 집에 더 올 겁니다. 그때 계산 다시 하시고, 오늘 저희 테이블 음식값은 이 카드로 해주세요.”

내 카드를 받아 든 50대 중반의 지배인 남자는 짧게 뭔가를 생각하는 듯하더니 고개를 끄덕이며 이렇게 말하더군.

“네 알겠습니다. 딜러님의 말씀이 맞습니다.”

나는 '앞으로 주의 좀 하세요. 나쁜 소문 낼 걸 참습니다'라고 쏘아붙이려다가 이 좁은 바닥에서 서로 인상 찌푸릴 일은 하지 말아야겠다는 생각에 "잘 먹었습니다" 하고 카드를 받아 지갑에 넣고는 그 음식점을 나왔지. 일행이 다 "잘했어요"라고 말하면서 내 어깨를 한 번씩 두드려주었지. 청렴이니 청빈이니 청탁금지법이니 하는 것이 뭔지 확실히 모르지만 고객이 사주는 밥을 얻어먹으면 기분이 오래 찜찜하다는 건 알고 있지.

우리는 식당 밖으로 나와서 산보를 겸해서 좀 외곽으로 걸었지. 밤하늘을 보았어. 여긴 카지노가 있는 중심가를 조금만 벗어나면 하늘에 별들이 무진장 펼쳐져 있어. 예전에 이곳이 탄광촌이었을 때는 별이 온 하늘에 가득했을 테지. 연탄 대신 기름과 전기가 에너지의 원천이 되면서 이곳 사북은 동네 규모가 줄어들더니 결국 폐광촌이 되고 말았지. 여기다 카지노를 설치할 생각을 누가 처음 했을까? 거대한 네바다주의 사막 한복판에다가 라스베이거스라는 도박 도시를 만들 생각을 한 미국 사람처럼. 이름이 벅시 시겔이지 아마. 〈벅시〉라는 영화도 있었어.

카지노가 들어서기 전, 사북은 강원도 오지의 탄광촌이었지. 오죽했으면 이곳을 '막장'이라고 불렀고 광부가 되는 것을 '막장 인생'이라고 했을까. 나도 잘 모르는, 연탄으로 난방하던 시절 얘기를 하고 싶진 않고, 광주민주화운동이 있기 직전에 여기서 큰 소요가 있었다는데 그때 사태를 난 모르니까 얘기하고 싶진 않군. 광부들이 집단 농성하는 과정에서 파출소 무기까지 탈취해 무장하고 사람들이 많이 다쳤다는데 죽은 사람도 있었는지는 모르겠네.

연수받을 때 도박의 역사에 대해 얘기해 준 강사가 있었지. 고대 이집트와 고대 로마의 유적에서 도박할 때 쓰는 게 확실한 기구가 발견되었다나. 그 강사는 도박이 『구약성경』 잠언에도 나오고 「여호수아」 제19장 10절에도 제비뽑기에 대해 나온다고 했지. 제비뽑기가 도박인지는 잘 모르겠지만 『구약』에는 제비뽑기 장면이 몇 번이나 나온다고 했어. "이것이냐 저것이냐 그것이 문제로다"는 셰익스피어의 희곡 『햄릿』에 나오는 말이라고 알고 있는데 도박하곤 상관없는 것인가? 미대륙의 동굴 벽에 인디언의 옛 조상이 도박하는 게 틀림없는 그림을 그려놓은 걸로 봐서 인간은 고대 사회 때부터 도박을 한 게 확실하다는 거야. 주사위놀이는 고대 인도에서, 바둑은 고대 중국에서 생겨났다고 하지. 장기는 한나라와 초나라의 패권 다툼 이후에 생겨난 놀이인데 중국인들은 그 놀이를 도박에 연결시켰지. 하긴 심심풀이 땅콩 같은 놀이보다는 돈을 걸고 하는 심각한 게임이 훨씬 스릴이 있지. 게임은 자기가 하지 않고 구경을 해도 재미있어. 저놈이 이길 거야 하고 돈을 걸고서 게임을 보면 더욱 더 흥미진진해지겠지. 자기가 직접 게임을 하지 않고 게임 구경을 하면서 돈을 거는 것으로는 바둑과 장기 외에도 소싸움, 닭싸움, 투견, 경마, 경륜 같은 것도 있지. 개한테 옷을 입혀 달리게 하는 경견이라는 것도 있어. 그런데 내 직업이 도박하러 온 사람에게 안내해 주는 것이 되다니. 물론 신참인 20대 말의 내가 그랬었지만. 게임의 규칙을 설명하고, 위험을 인지케 하고, (딸 수 있는 방법보단) 잃지 않는 방법을 알려주고. 하지만 대다수 사람이 결국은 탈탈 털리고 가지. 따서 기분 좋은 사람이 열 명이라면 잃어서 기분 나쁜 사람이 백 명인 카지노의 생리를 다들 알면서도 열 명 중에 내가 들어갈 거라고 믿곤 부나비처럼 몰려오니 나 원 참 기가 막혀. 미국인들은 라스베이거스에 갈 때 잃을 돈을 갖고 가기 때문에 그곳을 떠날 때도 표정이 어둡지 않은데 한국인들은 오로지 딸 생각만 하고서 몰입하기 때문에 열에 아홉은 인상이 완전히 구겨져 나오지.

그날 모인 딜러 중 내가 입사 만 9년이 된 10년 차였고 한 사람은 5년 선배, 나머지 둘은 아직 조직의 쓴맛을 못 본 거의 신참 후배, 그리고 바로 그 위에 위치한 5년 차가 한 명, 그래서 총 다섯 명이 회동한 것이었지. 두 신참, 가족이나 친구에게 사북에 있는 카지노의 딜러가 되었다고 하니까 반응이 이랬대. 아 참, 정선군 사북읍 강원랜드 카지노니까 사북 카지노라고 해야 하는데 사람들은 정선 카지노, 정선 카지노라고 하지.

"뭐? 너 정말 그 합법적인 도박 회사에 입사?"

"딜러라구? 카드를 둘로 나눠 좌르르 해서 섞는 사람? 마술이네 그럼 뭐, 전문 마술사가 된 거야?"

"아이고, 근무처가 강원도 사북이라고? 완전히 첩첩산골일 텐데 업무 끝나면 뭐 하고 시간 보내?"

"그렇게 공부해서 서울에서 자리 못 잡고 강원도 시골

로 가는 거야?"

"직원이 되면 완전히 빠꼼이가 될 텐데 너도 도박에 빠지는 거 아냐?"

아아 이런 식의 말들, 나도 몇 번씩 들어본 말이었지. 증권회사 직원이 고객 돈 관리해 주다가 감옥까지 간 경우를 대수롭지 않게 얘기하는 대학 선배한테는 이상하게 화가 나더라. 고소하다고 생각해선지 놀리듯이 말했는데 남은 그들의 가족을 생각해 봐.

하긴 여기 꽁지꾼(사채업자)들의 사례가 있긴 하지. 고객을 기다리는 동안 시간이 남아 심심풀이로 해보다 이 바닥에서 사라진 직원도 예전에는 있었지. 꽁짓돈(사채)만 관리했다면 중학생, 고등학생 두 아이 대학에 보낼 수 있었을 텐데 완전히 망했으니 애들은 어떻게 되었는지 몰라.

우리는 변두리 맥줏집에서 흡사 『아라비안나이트』의 인물들처럼 자기가 겪었던 일들을 하나씩 얘기하게 되었지. 마음속에 담아두었던 말을 술이 몇 잔씩 들어가니까 자연스럽게 하게 된 거지. 신참 중 한 녀석이 이야기 보따리를 먼저 풀어놓았지.

"결혼 약속을 한 여성이 있었어요. 제가 여기 강원랜드에 취직하자 데이트고 뭐고 할 시간이 없잖아요. 여기로 와서는 제가 퇴근할 때까지 기다리는 동안 홀 여기저기 돌아다니며 구경하면서 시간을 보냈어요. 슬롯머신에서 잭팟이 터져 환호성을 지르는 아줌마도 보고 바카라, 블랙잭, 룰렛, 빅휠, 다이사이 등 게임 테이블 앞에서 만세 삼창을 부르는 아저씨도 보고 완전히 요지경 속을 돌아다닌 거지요. 이상한 나라에 온 앨리스처럼 말이죠. 간혹 주말에 와서 제가 퇴근할 때까지 기다렸다가 같이 밥 먹고, 호텔에 가서 같이 자고, 다음 날 서울 가는 날들이 있었습니다. 한 달에 한 번쯤 오더니 구경이 재미있는지 매주 오는 거예요. 아 참, 제 애인은 투자회사 직원이에요. 저보다 공부를 잘해 소위 스카이 대학 나온 여자예요. 결과만 말씀드릴게요. 제가 절대로 구경만 하지 돈을 걸지 말라는 말을 몇 번이나 했는데 이 여자, 자꾸 보니까 해보고 싶었나 봐요. 바늘 도둑이 소도둑 된다고……. 뻔하죠. 모아둔 돈 다 날리고 종적을 감췄어요. 회사에서 잘린 이유는 확실히 모릅니다. 여기 다른 층에서, 그랜드볼룸이나 보드룸 같은 곳에서 나를 만나지도 않고 혼자서 놀고 간 날들이 늘어나기 시작했죠. 저를 떠난 이유는 여러 해 모아둔 돈을 잃었기 때문이 아니라 여기서 다른 놈팡이를 만나 눈이 맞았는지 배가 맞았는지……. 저랑 둘 다 서른 넘어 연애를 시작해 3, 4년은 했는데 그녀가 사라지자 이제 결혼은 물 건너갔나 하는 생각이 듭니다. 벌써 여러 해 전 얘기입니다.”

“무슨 소리야, 30대 중반이면 옛날로 치면 20대 초반이야. 여기 여자 딜러 중에 참한 아가씨, 내가 중매 설게. 같은 직업이니까 동병상련하면서 사귈 수 있을 거야. 내 당장 알아볼게.”

“아이고 선배님, 연애도 피곤해요. 코피 터져요.”

“하하 짜식, 못 하는 말이 없네.”

선배 직원이 말을 시작했지. 사는 데 좀 지친 것 같았어. 표정이나 평소의 태도로 봐서. 시무룩한 얼굴로 까마득한 후배 직원의 말을 듣더니 한숨을 땅이 꺼지게 내뱉는 거야.

“왜, 무슨 일 있어요?”

“두 애가 다 게임 중독이야. 큰애는 중학교 3학년, 작은애는 중학교 1학년. 한창 공부해야 할 때 아냐? 학교에서 학원으로 뺑뺑이 도는 건 제 또래 친구들이랑 똑같은데 나머지 시간에 예습은 안 하더라도 복습은 해야 할 거 아냐. 공부하는 걸 못 봐. 스마트폰 들고 탱크인지 미사일인지 뿅뿅 쏘는 것만 봐. 몇 놈이 그 게임 중계를 해 주는데 그걸 이어폰으로 들으면서 킥킥 웃고 난리야. 방에 들어가면 본격적으로 헤드폰을 쓰고 게임을 하지. 그것만 해. 다른 아무것도 안 해. 오직 게임만 해. 이게 중독이 아니고 뭐야. 그놈들은 게임 하려고 태어난 애들 같아. 미치겠어."

"학교 성적은요?"

"중하. 하루는 요즘 애들이 제일 듣기 싫어한다는 질문을 해봤지. 장차 뭐가 되고 싶냐고. 생각해 보지 않았대. 짜식들, 중학생이 되었다면 장래를 생각해 보아야 할 것 아냐. 뭐야 도대체. 게임이 밥을 먹여줘, 집을 제공해 줘?"

"카지노 게임 산업이 선배님한테 밥도 주고 집도 주었잖아요. 무슨 소리예요."

"아 그렇네."

"좀 있으면 정신 차리겠지요."

"그럴까? 무슨 방법이 없을까?"

"온 가족이 캠핑을 가거나 해외여행을 가거나……. 영화관에 자주 데리고 가거나……. 볼링이나 탁구를 해보거나……. 이 세상에는 게임 말고도 재미있는 게 꽤 있다는 것을 보고 느끼게 해주어야 하지 않을까요? 저 같으면 〈타짜〉 영화 세 편을 같이 볼 겁니다. 저 이 영화 광팬이어서 그 세계가 궁금해 여기까지 왔어요. 1편은 조승우, 2편은 최승현, 3편은 박정민이 주연입니다. 짜식들, 정말 멋있는 타짜들이죠."

"제4편이 만들어진다고 하던데?"

"어 그래요? 이번에는 누가 타짜로 나온대요?"

"변요한이지 아마."

"짜식, 〈자산어보〉에서 연기력 끝내주던데……. 암튼 최민식이랑 손석구가 나온 〈카지노〉를 같이 보는 것도 좋을 거예요. 아빠가 그런 영화 보여주는 의도를 파악하곤 안 보려고 할 수 있겠지만 주말에 그런 것 같이 보고 토론도 하고, 짜장면 탕수육도 같이 시켜 먹고 말이죠. 치킨 다리 뜯어먹으면서 그런 드라마도 보고, 디캐프리오나 브래드 피트가 나오는 영화를 같이 보면서 네가 재

닮았다고 칭찬도 해주고 말이죠. 아아, 이상하게 제가 뻔한 말을 하고 있습니다.”

“아냐. 백 프로 맞는 말이야. 아빠니까 여자 꼬시는 법을, 아니, 여성을 사귀려면 어떻게 해야 하는지 노하우를 얘기해 주면 좋겠지?”

“물론이죠. 그런 꼭 필요한 얘기는 한마디도 안 해주고 부모가 학교랑 학원이랑 뺑뺑이를 돌리는데 세상이 재미있겠어요? 영어, 수학을 왜 공부해야 하는지 그 이유를 모르겠는데 하라고 난리지. 강남 아이들, 중학생이 미적분이 나오는 수학의 정석 푼대요. 다들 미친 거 아닙니까? 그래 공부시켜 의사 만들면 수술방에서 매일 피 보는데, 그게 행복한 인생일까요?”

한 녀석이 흥분해서 떠들어대는 나를 제지하고 나섰다. 흡사 선배를 닮아세우는 것 같았기 때문일 것이다.

“아이고 선배님, 취한 것 같지 않은데……. 의사한테 무슨 한이 있습니까, 왜 그래요?”

“선배님도 얘기 좀 해보세요. 뭐 미담 같은 거 없어요?”

“그런 건 없고, 내가 여기 취직한 지 10년이 다 돼가는

데 무슨 일을 하나 무척 궁금하셨나 봐. 시골에 계신 아버지가 내 일하는 것을 한번 보겠으니 호텔 예약을 해달라는 거야."

나는 여기서 플로어 퍼슨(카지노 관리자)이다. 평소에 딜러들 뒤편에 서서 게임을 주시하고 있지. 고객의 동태와 게임 상황을 유심히 살펴보고 흐름이 바뀔 때마다 베팅 금액을 웹패드에 입력하지. 내가 입력한 금액은 게임 시간에 비례해 콤프(카지노에서 제공하는 마일리지)로 적립되고, 고객은 적립된 콤프로 호텔에 투숙하고 음식을 제공받는 거지. 무슨 말이냐 하면, 카지노 시설에서 게임을 하면서 돈을 펑펑 쓸 테니까 그 대신 호텔비와 식사비는 할인 혜택을 받으라는 얘기지.

"그날도 전쟁을 치른 기분으로 일과를 마감했지. 스마트폰을 보니 여러 통의 전화가 와 있었어. 아버지가 도대체 무슨 일로? 전화를 해봤더니 바로 받으시더군. 이러시는 거야. 내가 드라마 〈카지노〉를 봤는데 최민식이 그놈 참 나쁜 놈이더라, 그래서 내 아들이 무슨 일을 하는지 궁금해서 견딜 수가 있어야지 하시는 거야. 하하, 내 아들이 혹시 고객들 후려서 돈을 빼먹는 일을 하는가 확인하고 싶었던 건지도 모르겠어. 시골 중학교 교장으로 은퇴하신 분이니 도박의 도자도 모르는데 아들이 도박장에서 일한다니 확인하겠다는 것이었지. 2박 3일 머물면서 구경하고 가시겠대."

"그래서요? 호텔 예약을 해드렸어요?"

"그냥 오시면 고객카드를 만들어드리겠다, 그걸로 콤프를 적립할 수 있으니 아버지가 직접 호텔 예약을 온라인으로도 전화상으로도 하지 말고 일단 오시라고 했지. 내가 갖고 있는 작은 권한이라고. 하루 호텔비가 20만 원이 넘기 때문에 부담되실 거라고."

"직원이니까 가족이 혜택을 받을 수 있는 거라고 말씀드리지 그랬어요."

"얀마. 그게 사실 부정이잖아. 알면서 그래."

그랬다. 근무 중에 내가 얼마든지 콤프를 적립하면 되고, 그 마일리지로 호텔 방을 잡으면 된다. 위에서는 아무도 알아차리지 못한다. 내 선배와 동료들도 다 그렇게 가족이 카지노에서 며칠 놀다 가게 할 수 있는 것이다. 근처에서 여름에는 풀장을, 겨울에는 스키장을 이용할 수 있다. 아주 싼 호텔비를 내면서. 아주 싸게 음식을 먹으면서. 콤프 입력은 플로어 퍼슨의 고유 업무고 특권이었다. 고객카드를 만들어 전산 입력하면 아무도 모르고 신경도 안 쓴다. 우리 회사 자체가 사주가 없는 공기업이니까 말이다.

"아버지가 뭘 눈치채셨는지 벌컥 화를 내시는 거야. 나 고객이 아니고 방문자일 따름이니까 꼼수 부렸다가는 혼날 줄 알라고."

"그래서요?"

"내가 호텔에 가서 사비로 예약했지. 콤프로 했을 때에 비해 곱빼기보다도 비싼 비용으로."

"아이고, 선배님. 그렇게 융통성이 없으세요."

그때 신참 중 한 녀석이 나서서 선배와 동료를 둘러보며 이렇게 말하더군.

"선배님 아버님이 훌륭하신 분이네요. 편법이 난무하는 이 세상에서 그것이 잘못되었다고 지적하는 사람이 어디 있습니까. 그런 특혜가 있는데 못 누리는 게 바보라고 손가락질하는 세상 아닙니까. 그래, 아버님이 카지노를 구경하고 기절초풍하지 않던가요?"

다른 신참 한 녀석이 킥킥 웃으면서 깜놀! 깜놀! 그러는 거야. 우리 아버지를 시골 노인네로 취급한 거겠지.

"아버지는 거동이 불편하신지 지팡이를 갖고 다니셨어. 천천히 온갖 데를 다 보시면서 그래도 좀 안심하는 것 같았어. 그 드라마에 나오는 최홍일 같은 배우가 비명을 지르거나 플로어를 주먹으로 치거나 하는 광경은 못 보셨으니까. 내 옆에 와서도 한참 서 계시면서 어깨를 쳐주시기도 했고. 이런저런 서비스며 딜러들 고객들도 눈여겨보시는데 영 예전 같지 않으신 거 있지."

"뭐가요?"

"등산이 취미였던 분이 허리도 영 구부정하고, 자주 앉아 계시고. 무척 지쳐 보였어."

"아버님 연세가?"

"칠십 대 말. 내일모레가 여든이셨어."

"아이고 뭐 그 연세면 노인정에서 심부름해야 합니다."

"그런데 오신 첫날 밤에 내가 호텔로 모시고 가는데 갑자기 차에서 내리자는 거야."

"아니, 왜요?"

다들 나를 주시하였다.

"갑자기 용변이 급한가 보다 생각했는데 같이 내리자

는 거야. 아버지가 한적한 곳에 차를 대게 하더니 손을 들어 하늘을 가리켰어. 역시 강원도 정선은 다르구나, 별이 억수로 많다, 하시는 거야."

"그 말씀 하시려고요?"

"이어서 이런 말씀을 하시는 거야. 간혹 차에서 내려 하늘의 별을 봐라. 네 숙소에서도 창만 열면 보일 거야. 지금 이 지구상에서 살아가는 모든 현생인류가 죽어도 저기 저 별들은 여전히 저렇게 빛나고 있을 거야. 사람 중에는 어둠을 더 어둡게 하는 사람이 있고 주변을 밝히는 빛이 되는 사람이 있다. 위인전에 나오는 사람은 못 될지라도 작은 것 탐하지 말고, 편법에 응하지 말아라. 남한테 해코지하면 절대 안 되고. 네가 무슨 카드 만들어 내 방 싸게 얻고 반값 밥 먹이고 했다면 크게 실망했을 거야. 그런 행위는 남이 다 몰라도 너는 알잖아. 뒷돈 잘 챙기고, 공금으로 해외 답사 가고 견학 가고 하는 놈들 부끄러워서 밤하늘의 별을 못 볼 거다. 예산은 쓰라고 있는 거라고? 미친놈들!"

나는 세 후배에게 이 말은 하지 않았지. 아버지가 그 말씀을 하실 때 나는 울고 있었다고. 10대 청소년으로

돌아가 아버지 맞습니다, 저 그렇게 안 살 겁니다 하고
속으로 다짐하며 눈물을 흘리고 있었는데 손등으로 눈
물을 닦으면 아버지가 알 것 같아서 가만히 있었다고.
차로 가면서 얼른 눈물을 훔쳤다고.

"내 아버진 바로 그 며칠 전에 췌장암 선고를 받았다
는 거야. 나중에 알았지. 당신이 반년 안으로 반드시 죽
을 걸 아시곤 내게 찾아와서 유언인 양 그 말씀을 해주
신 거라. 카지노 언저리에는 눈먼 돈도 많고 켕기는 돈
도 많고 하니까 늘 조심하라고, 그 말을 해주고 싶어서
오신 거지 뭐 카지노 도박판에서 사람들 돈 따고 돈 잃
는 거 구경하고 싶어서 오신 거겠어?"

그랬다. 난 아버지의 여행 목적도 모르고 두 밤 다 호
텔 방에서 혼자 주무시게 했다. 물론 아침 일찍 와서 식
사를 같이하긴 했지만. 아버지가 '임종 여행'을 하러 오
신 걸 알았다면 두 밤 다 같이 잤을 텐데 나는 편하게 주
무시라고 그 낯선 호텔 방에서 주무시게 했으니, 그게
마음에 지금도 걸린다. 아버지는 정확히 4개월 뒤에 돌
아가셨지. 귀가한 뒤에 바로 병원으로 갔어.

"병원에 면회 갔을 때는 이런 말씀을 하셨지. 소탐대실

이란 말이 있다. 부정한 돈 몇 푼 꿀꺽 삼켰다가는 전에 먹었던 것까지 다 토하는 날이 반드시 올 거다. 특히나 눈앞의 작은 이익을 챙기겠다고 부정을 저지르지 말아라. 반대로 남한테 작은 걸 베풀면 희한하게도 더 크게 너한테 덕 되는 일이 온다. 명심해라."

짜식들, 다들 고개를 끄덕이고 있었지. 침상에서 하신 아버지의 말이 하나 더 생각났다.

"내가 평교사, 교감, 교장으로 40년을 교직에 있지 않았냐. 수많은 선생님들을 보고 겪어서 아는데 유독 쩐을 좋아하는 사람이 있다. 그런 사람은 본인이 아니면 가족 중 누구라도 해를 입더라. 인과응보가 그저 생긴 말이 아니다."

나는 그때 내 아버지는 역시 꼰대다, 직업의식은 못 버린다 하는 생각을 했지.

"야, 내가 너무 따분한 얘기를 해서 미안하다. 누가 분위기 좀 바꿔봐라."

"그럼 제가 한마디 얘기하겠습니다. 제가 지금까지 누구한테도 말하지 않은 게 한 가지 있습니다."

"비밀?"

“고백?”

나이가 제일 어린 막내의 얘기는 맥주를 한 잔 원샷으로 들이켠 후에 시작되었다.

“제가 고등학교 때 아슬아슬하게 퇴학당하지 않고 소년원에 가서 일 년 하고도 반을 지냈습니다.”

“어, 그래? 사고뭉치처럼 안 생겼는데.”

“하하, 얌전한 고양이가 부뚜막에 먼저 올라갑니다. 소년원에 가게 된 경위를 말씀드리려는 건 아니고요, 소년원에서 생활할 때 웬 시인 한 사람이 특강을 한다고 왔습니다. 시 쓰기 프로그램이 가동되어 대학에 나가는 교수이고 시를 쓰는 사람이 우리한테 시 창작법을 알려준다고 온 겁니다. 그 교수가 시에 대해 해준 말은 생각이 안 납니다. 엉뚱한 얘기를 한참 했습니다. 부모와는 1촌지간이고 형제와는 2촌지간이라 가장 가까운 사이지만 현실에서는 갈등이 심한 경우가 많다고 하더니 우리를 쓰윽 훑어보셨죠. 자식은 부모를 존경하고 부모는 자식을 사랑하는 집이 몇 집이나 될까요? 열에 한 집이라도 될까요? 가족은 가죽처럼 질긴 관계고 가축처럼 한 울타리 안에서 살지만 서로 미워하고 원망하는 경우가 많다는 겁니다. 자기는 불교 믿는 사람이 아닌데 불교의 어느 경전에 이런 말이 나온다는 겁니다. 전생에 유혈극을 벌여 죽은 사람과 죽인 사람이, 즉 원수지간이 가족으로 태어난다고요. 그러므로 가족 간에는 고운 정보다는 미운 정이 많은 게 당연하니까 밉더라도 사랑하라고 했습니다. 가족을 버릴 수는 없으니, 특히 부모는 늙어서 병들어 여러분들 앞에서 숨을 거둘 분들이니 잘 좀 해드리라고 하는 겁니다. 그러면서 내주신 시제가 '달과 어머니'라는 거였어요."

"제목이 꽤 어려운데."

"제가 쓴 시가 그 주의 장원작으로 뽑혔습니다."

"우아 대단한데. 그때 쓴 시 기억해?"

"네, 짧아서 기억합니다.

'울 엄마 나 가졌을 때

점점 배 불러와

보름달처럼 둥그렇게 된 날

때마침 보름이라 마당에 나가

달을 보니 너도나도 만삭

엄마는 달을 향해 손 모아 빌었다

내 아들 잘 낳게 해주세요

세상 곳곳을 밝히는 저 달처럼

둥그런 얼굴 환한 웃음

언제나 밝게 세상을 밝게'."

네 사람이 다 크게 웃으며 손뼉을 쳤다. 시 낭송을 듣고 우리는 정말 즐겁고 기뻐했어.

"그래, 그 뒤로 계속 시 썼어?"

"저 이래 봬도 2년 전에 정식으로 등단한 시인입니다. 책을 읽으면 반드시 스승을 만나게 된다고 그 시인 교수님이 말씀하셔서 책을 꾸준히 읽게 되었고 시도 계속 썼습니다. 근 10년 동안 시를 썼는데 재작년에 마침내 문예지에 투고한 작품이 뽑혀 시인이라는 타이틀을 갖게 되었습니다. 앞으로 이곳 사북 카지노에서 일어난 온갖 일들을 갖고 시로 써보고 싶습니다."

"우아 대단하다. 대단해."

"앞으로 우리 모두 딜러 대신 전인식 시인이라고 불러야 하겠지?"

"아이고 제발! 시 쓴다는 말 오늘 처음 하는 겁니다."

"짜식들, 오늘이 각자 자기 비밀 털어놓는 날인가? 아직 이야기보따리 안 풀어놓은 사람은 없지?"

선배가 게임에 빠진 두 아들 때문에 괴롭다며 한숨을 내쉬며 얘기해 우리가 방책을 내놓았고 나는 아버지의 카지노 방문에 대한 얘기를 했다. 한 녀석은 도박에 빠져 사라지고 만 애인에 대해, 한 녀석은 시를 쓰게 된 계기를 말했지. 계속 시무룩하게 있던 5년 차 직원이 처음으로 입을 뗐어.

"아버지가 하시던 사업체가 부도가 났고, 그 바람에 아버지는 3년간 옥살이를 하고 나왔습니다. 출소 후에는 술추렴이나 하고 살았습니다. 엄마와 다섯 살인 제가 맞을 때도 있었고요. 아버지가 어느 날 사라졌는데 일 년도 넘게 소식이 끊겼죠. 사북의 카지노에 가서 돈을 따고 바로 그만둔 소수의 사람 중 한 사람이 되었다고 합니다. 아버진 그 돈을 밑천으로 전당포를 시작했죠. 그때야 집에다 연락을 취했는데 어머니가 가보니 구멍가게 같은 전당포를 하고 있더라는 겁니다."

"이 일대에 전당포가 많지. 그중엔 작은 가게도 있고 큰 가게도 있고."

"혹시 마담뚜 정 여인 아세요?"

선배가 답했어.

"한참 전에 이곳에서 이름을 날린 전설적인 여자 사채업자였지."

"제 어머니예요. 제 손을 잡고 갓난아기 동생을 업고 여기에 와보니 아버지가 코딱지만 한 전당포를 열고는 도박하다 돈 날린 사람들에게 승용차를 담보로 돈을 빌려주는 일을 하고 있더래요. 어머닌 한 달 동안 제 동생 업고 다니면서 카지노의 모든 노하우를 다 터득하고선 친정의 논과 밭을 다 팔아 밑천을 마련하곤 여기서 사채놀이를 본격적으로 시작했죠. 몇 년 안에 대부계의 여왕으로 군림해 저랑 제 동생 학비를 댔고 남편 뒷바라지를 했어요. 친정에서 빌린 돈도 다 갚고. 제 어머니는 그때까지 담보니 부동산이니, 저축이니 사채니, 대출이니 대부니 정말 아무것도 모르는 시골의 무지렁이 아낙네였습니다. 카지노를 한 달 동안 둘러보며 연구했대요. 내가 저놈의 도박을 하지 않고 여기서 돈 벌어 어리숙한 남편 뒷바라지하고 두 자식 키우려면 뭘 해야만 할까. 이를 악물고 연구하고 공부하고. 카지노가 이기나 내가 이기나 한번 해보자는 마음으로, 선글라스를 하나 구해서 쓰고는 완전히 다른 사람이 되었다고 해요. 어머니는 이 동네에 들어와서 사업에 성공한 거의 유일한 케이스일 겁니다. 문제는 아버지였죠.”

“왜? 무슨 일 있었니?”

“능력 있는 아내와 무능한 남편. 산길에 버려진 승용차 엔진 녹여 끌고 오는 일이 직업이 되다시피 했습니다. 한겨울에 술 마시고 만취해 오시다가 개울에 빠져 돌아가셨습니다.”

바로 그때 스마트폰이 울렸어. 낯선 전화번호였지. 찜찜했지만 받아보았어.

“네? 김인숙이 제 전처 맞습니다. 뭐라구요? 내일 경찰서로 나와달라구요? 네? 그게 정말입니까?”

창귀倀鬼

전윤호

전윤호 | 시인. 강원도 정선에서 태어나 1991년 《현대문학》을 통해 작품 활동을 시작했다. 시와시학 젊은시인상, 한국시인협회 젊은시인상, 편운문학상을 수상했다. 『정선』 『이제 아내는 날 사랑하지 않는다』 『순수의 시대』 『연애소설』 『늦은 인사』 『봄날의 서재』 『슬픔도 깊으면 힘이 세진다』 등의 시집을 냈다.

청량리에서 첫차를 타고 네 시간쯤 달려 심산읍에 도착했을 때, 햇빛은 아직 역의 통로를 완전히 건너지 못한 채 바닥에서 부서지고 있었다. 오래 방치된 기찻길의 쇳물 냄새가 공기 속에서 응고되어, 탄광 산업화 시절의 말들이 굳어버린 듯했다. 표지판의 페인트가 벗겨진 글자들은 누군가가 손가락으로 긁어낸 책의 문장처럼 여기저기 흩어져 있었다. 그 낡은 자음과 모음을 밟지 않으려 애쓰며 승강장을 건널 때마다, 발끝에서 오래된 이름들이 부스러기처럼 톡톡 튀어 올랐다. 그 이름들 사이에, 아버지의 이름도 있었다. 들리는 척하지 않으려 귀를 다물었지만, 마치 귀가 아니라 피부가 읽는 법을 배운 사람처럼 온몸이 저릿했다.

역 앞 여인숙 마당은 비질이 막 끝난 듯 물기가 있었고, 창호지에 맺힌 물방울들이 조심스럽게 흘러내리며 글자 흉내를 내고 있었다. 읽을 수 없는 문장, 혹은 아직 발음되지 않은 이름들. 여주인은 내 어깨를 흘끗 보고 방을 내주었다. 그 눈길에는 산에서 사람을 업어본 등판들만이 아는 무게의 저울이 있었다. 방은 좁고 깨끗했으며, 오래된 종이 냄새가 났다. 종이의 냄새는 정직했고, 한때 허기로 내 창자를 채우던 날들까지도 생각나게 했다. 허기는 도시에 남겨둔 줄 알았는데, 여기서는 나보다 먼저 도착해 베개 앞에 앉아 있었다.

고향에 내려온 건 이십 년 만이었다. 아니, 그보다 더 되었을지도 모른다. 정확한 햇수를 세지 않은 건 그동안 이곳을 기억에서 거의 지워버렸기 때문이다. 기억은 오래 닫힌 우편함 같아서, 봉투 속의 편지가 발신인을 잃어버리면 스스로 재가 된다. 너무 어두운 기억들이 많았던 것이다. 재로 변한 사소한 풍경들을 더듬었다. 겨울마다 마을 어귀를 지키던 개의 집요한 짖음. 장날이면 국수 그릇 위에서 올라오던 김의 너울, 비 온 뒤 골목의 진창에서 반짝이던 별 한두 점. 가장을 잃은 모자는 이곳이 서럽기만 했다.

대학에서 시를 배웠고 어쭙잖게 시인으로 등단했으나 먹고살기 위해 시사 잡지사에 들어가 기자로 살았다. 마감이 시를 대신했고, 월세 고지서가 창작의 기쁨을 덮었다. 경제단체의 후원을 받는 잡지는 늘 기업가와 충실한 직원들의 미담을 원했고, 정해진 문장 속에서 모난 단어들을 둥글려야 했다. 허기는 사라졌지만, 대신 손끝이 예민해졌다. 종이의 촉감, 영수증의 거짓 숫자들, 그 촉감들이 밤이면 배에서 나던 소리를 대신 냈다. 나는 밥 대신 종이를 먹었다.

우리가 떠나던 날, 집은 이미 우리의 집이 아니었다. 빚으로 무너진 아버지는 하필이면 그때 돌아가셨고 어머니는 경황 중에, 아버지의 유일한 친구였던 만재 아재에게 시신을 맡겼다. 그는 지게에 아버지를 얹고 산으로 올라가, 적당히 남의 눈에 띄지 않고 햇볕 잘 받는 곳에 묻었다. 비석도 없고 땅 주인의 허락도 없는 자리. 그래서 봉분도 없는 평장이었다. 그때 어머니의 팔에 매달려 그녀의 가느다란 흐느낌을 느꼈다. 소리도 없는 떨림. 그 떨림은 이후 내 모든 문장들 속에서 쉼표가 되었고, 나는 때로 쉼표가 문장 전체의 의미를 바꾸는 날들을 살았다. 우리는 곧 떠났고, 살아남기 위해 도시를 전전했다. 나는 자라났고, 배가 고팠고, 어느 날 허기가 사라질 때까지 우리 모자는 일하고 일했다.

도시에서 나는 가위눌림에 시달렸다. 몸이 굳으면서 부르는 소리가 들렸다. '민호야, 민호야.'

아버지였다. 아버지는 왜 들어오지는 않고 문밖에서 부르는 걸까. 살기 위해 미친 듯이 일거리를 찾아다니던 어머니는 단 하나의 금기만 남겼다. "아버지가 부르면 대답하지 마라. 대답하면 창귀가 된다. 네 아비는 자기를 위해 아들도 팔아넘길 위인이다."

그래도 고향인데 돌아오면 좋을 줄 알았다. 고향은 언제든 자신을 증류해 한잔의 술을 건네는 곳이라 믿었다. 그러나 심산읍은 나를 모르는 척했다. 골목들은 내가 떠나던 날의 길쭉한 그림자를 다른 남자에게 입혀 걸어 보냈고, 장독대의 이마는 새로운 손의 온도에 길들어 있었다. 여인숙 마당의 고양이는 발목에 얼굴을 비비다가도 태연히 뒤돌아 다른 투숙객의 방으로 사라졌다. 그 무심함이 오히려 친절했다. 고향은 나를 알지 못하는 방식으로, 나를 보호하고 있는 듯했다.

그날 밤, 창문을 반 뼘 열어두었다. 바람은 여름과 가을을 한 움큼씩 섞어 가져왔다. 창호지의 물방울이 '민O ㄱ8212' 하는 모양을 만들었다가 이내 흘러내려 '혹Oㄴ 8212'으로 바뀌었다. 이름과 혹惑의 차이를 생각하며 웃으려 했지만 웃음은 문지방에서 종종걸음을 치다가 멈췄다. 오랜만에 돌아온 자의 웃음은 대개 돌아온 것을 후회하는 표정으로 굳는다. 그러나 그 순간, 방 안에 잠자고 있던 오래된 생각들이 한꺼번에 돌아누웠다. 벽장 속에서 누군가 훔쳐보는 듯한 느낌이 들었다. 열면 어둠밖에 없을, 살아 있는 것들이 내는 소리가 아니라, 자리를 바꾸는 것들이 내는 소리. 그 소리는 장례식장의 소리를 닮았다.

왜 돌아온 걸까. 아버지의 무덤을 찾으려? 어머니의 한풀이일까? 아니면 '나의 허기'일까? 쉽게 대답할 수 없었다. 그런데도 몸은 답을 알고 있는 듯, 산 쪽으로 조금씩 기울었다. 몸이 먼저 아는 길이 있다. 그 길을 사람들은 향向이라 부르기도 하고, 운運이라 부르기도 한다. 내일 새벽 만재 아재를 찾아갈 참이었다.

잠들기 전, 공책을 펴고 한 줄을 적었다. 허기는 어디로 갔는가? 마침표를 찍지 못한 채 펜을 놓았을 때, 손목 안쪽이 아주 가볍게 서늘해졌다. 몸이 내가 쓴 문장을 읽는, 세상에서 가장 오래된 독자가 된 듯했다.

어둠 속에서 심산읍은 커다란 동물처럼 숨을 쉬었다. 그 숨이 가슴을 눌렀다가 놓아주었다. 눌릴 때마다, 어머니의 목소리를 들었다. '대답하지 마라.' 놓아줄 때마다, 또 다른 목소리를 들었다. '대답해라.' 두 소리가 번갈아 귀를 잡아당기는 동안, 잠이 들었다.

만재 아재의 집은 역에서 조금 걸어 올라간 비탈길 끝에 있었다. 대문은 낮았고, 마당은 고요했다. 아재는 변함없이 넓은 등판을 가지고 있었다. 오래전 아버지의 몸을 업었던 등.

부르자, 그가 천천히 돌아섰다.

"민호냐?"

"아버지 묻은 데…… 기억하시죠?"

아재는 내일 새벽에 가자고 했다.

그날 밤, 여인숙의 창호지는 얇은 현이 있는 악기를 손톱으로 살살 긁은 듯한 울림을 냈다. 바람이 긁은 것이라고 하기엔 의지가 있었고, 짐승이 긁은 것이라고 하기엔 너무 문장적이었다. 서랍에서 공책을 꺼냈다. 철이 든 뒤로 허기를 종이로 달래는 법을 배웠다. 긴 마감의 끝에서, 늘 종이의 촉감으로 잠들었다. 허기가 사라지고 난 뒤 남은 것은 손끝의 예민함이었다.

누군가 내 이름을 불렀다. 아버지였다.

"민호야…… 민호야……."

부들부들 떨며 손을 입에 처박고 대답하지 않으려 애썼다. 대답하면 아버지가 데려갈 것 같았다. 그러다가 새벽녘이 되면 어머니가 돌아와 이마를 짚고, 식당에서 가져온 남은 밥을 먹였다. 밥알을 꾸역꾸역 씹으며 울었다. 왜 별 기억도 없는 아버지가 그토록 무서웠을까. 어머니는 말했다.

"아버지가 부르면 절대 대답하지 마라. 대답하면 창귀

가 된다.”

　새벽의 산은 아직 제 이름을 모르고 있었다. 안개가 자욱해 바로 앞도 보이지 않았다. 만재 아재는 방향을 살피지 않았다. 그는 언제나 냄새를 따라갔다. 풀잎이 밤새 숨을 쉬고 남긴 냄새, 어젯밤 산짐승이 흘린 비린내, 오래 묵힌 피가 숯으로 변하면서 내는 달큰한 쇳내 같은 것들. 그는 길에서 냄새를 가려내고 냄새에서 길을 골랐다.
　“여기다.”
　아재가 멈춰 선 자리는 산등성이가 잠깐 주저앉은 남사면이었다. 햇살이 늦게 도착하는 곳. 물론 비석도 봉분도 없었다. 그런데 냄새가 있었다. 흙에서 이상하게도 쇠냄새가 났다. 달이다 만 약초의 단내, 목구멍에 걸린 이름이 삭아 만든 눅진한 피 맛.
　대충 가져간 소주와 육포로 절을 하고 우리는 대책을 논의했다. 아무래도 어머니 생각처럼 절로 모시는 것이 좋을 듯했다. 사람들은 모른다. 절에다 명패를 모시는 일 또한 얼마나 많은 품과 돈이 드는 일인지.

내려오는 길은 안개가 걷혀 수월했다. 그런데 길 중간에 이상한 것이 있었다. 돌무더기 위에 시루가 엎어져 있고 구멍마다 쇠젓가락이 박혀 있는 무덤 같은 모양이었다.

"호식총이다."

만재 아재가 낮게 중얼거렸다. 그의 목소리는 오래 묵은 장독 뚜껑을 여는 소리처럼 뻑뻑했다.

가까이 다가갔다. 돌들이 아직도 짐승의 이빨 자국처럼 패어 있었고, 그 사이사이에서 벌레들이 하얀 가루처럼 흘러나왔다. 쇠젓가락은 밤새 이슬을 머금어 번들거렸는데, 햇살이 부딪히자 마치 혀끝이 은빛으로 반짝이는 것처럼 보였다. 바람이 불 때마다 쇳가루가 아주 미세하게 서로 부딪히며, 얇은 소리를, 기침도 한숨도 아닌, '웅' 하는 숨결 같은 소리를 흘려냈다.

"산에 호랑이가 많이 살아 사람이 잡아먹히던 시절이 있었지."

아재의 말은 돌무더기 틈으로 스며들었다.

"호랑이에게 먹히면 시신이 온전치 못해. 머리만 남는 경우도 허다했지. 그러면 마을로 모시고 가 장례를 치르지 못했다.”

“호랑이에게 죽은 귀신은 창귀가 된다. 창귀는 호랑이를 모시는 노예들이지.”

아재는 쇠젓가락을 가리켰다.

“저건 혼귀가 빠져나가지 못하게 봉인하는 거다. 구멍마다 박은 젓가락은 귀신의 목줄 같은 거야. 저 시루 밑에는, 목숨을 잃은 자들의 숨결이 아직 눌려 있지.”

주머니에서 공책을 꺼냈다가 다시 넣었다. 손끝이 저절로 떨렸다. 방금 전까지만 해도 그냥 돌무더기였는데, 지금은 돌 사이로 아주 가느다란 글자들이 흘러나오는 것 같았다. 뼛가루처럼 흩날리는 글자들. 읽으려 하면 곧 사라지는 문장들.

그 순간, 쇠젓가락 하나가 햇살을 받아 번쩍였다. 아주 얇은 금속의 울림이 산등성이를 따라 흘렀다. 그것은 대답 같았다. 누군가가 내 이름을 불러낸 뒤, 저 무덤이 대신 ‘응’ 하고 화답하는 소리.

“아재, 들으셨어요?”

“나는 나이가 먹어 귀가 어두워졌어.”

하지만 그의 어깨가 아주 미세하게 떨리고 있었다.

바람이 다시 불었다. 시루의 구멍마다 꽂힌 쇠젓가락
이 서로 부딪히며 은은한 음계를 만들었다. 그 음계는
이름 없는 자들의 합창 같았고, 그 합창은 저승에서 막
꺼내 온 장례의 곡조와도 닮아 있었다. 숨을 삼키며 눈
을 돌렸다. 햇빛이 흙 위에 흩어지며 글자를 빚고 있었
다. 그것은 분명 문장이었다. 언뜻, '도망쳐'라는 말이 읽
혔다. 그러나 눈을 깜빡이는 순간, 그 문장은 다시 흙으
로 스며들어 사라졌다. 숨을 고르며 시루를 응시했다. 쇠
젓가락이 내는 울림은 바람이 멈추어도 계속 이어졌다.
그것은 내 이름의 모음과 자음이 서로 분리된 채, 다시
결합하려는 과정 같았다.

"민호야."

흙 속 깊은 곳에서, 아니면 내 몸 안쪽에서, 아버지의
목소리가 들려왔다. 혀끝을 깨물었다. 피가 배어 나왔다.
어릴 적부터 주술처럼 새겨진 금기, '대답하면 창귀가
된다'가 머리에서 울렸다. 그러나 동시에, 대답하지 않으
면 다시는 그 목소리를 들을 수 없으리란 예감이 내 뼛
속을 흔들었다. 목소리는 오래 잊어버린 체온과 닮아 있
었다. 아버지의 손등이 내 머리칼을 쓸어내리던 감촉이,

목구멍을 치고 올라오는 말과 겹쳤다.

주머니에서 노트를 꺼냈다. 손끝이 부들부들 떨렸다. 펜이 종이를 긁기 전에 이미 문장이 손목을 타고 흘러내렸다.

"대답해라."

글자가 내 안에서 먼저 써지고, 종이는 그저 따라 적으려는 듯 기다리고 있었다. 하지만 동시에, 다른 문장도 내 안에서 부풀어 올랐다.

"대답하지 마라."

어머니의 목소리였다. 입술은 말과 글 사이에서 부르르 떨렸다. 시루 위에 박힌 쇠젓가락들이, 그 순간 마치 손끝을 대신해 글자를 새기는 것처럼, 다시 한 번 서로 부딪혔다. '웅' 하는, 모음만의 울림. 노트를 덮었다. 하지만 손목 아래에서는 여전히 문장이 돋아났다. 피부 아래에서 문자가 꿈틀거리고 있었다.

아버지의 목소리가 세 번째로 울렸다.

"민호야."

숨을 막은 채, 펜을 움켜쥐고 있었지만, 내 안의 또 다른 손이 이미 대답을 적고 있었다. '웅.'

글자는 종이 위에 나타나지 않았으나, 손목 아래의 핏줄을 따라 얇은 빛으로 번져갔다. 마치 피부밑에 문장이 새겨지는 것처럼, 한 줄의 불길한 문장이 점령해 갔다. 급히 공책을 덮었다. 그러나 덮은 순간에도 종이 속에서 웅웅거리는 소리가 났다. 공책이 아니라, 내 몸이 대답한 것이었다.

만재 아재는 들은 체도, 보았다는 기색도 하지 않았다. 다만 그의 어깨가 더 굽은 듯 보였다.

"길 위의 말은 오래 붙잡으면 독이 된다. 내려가자꾸나."

다음 날 나는 용하다는 무당을 찾아갔다. 사람들은 읍내 외곽, 자작나무 숲을 담장처럼 둘러싼 집을 '바람집'이라 불렀다. 낮에는 바람이 멀리서 길을 따라 들어오고, 밤이면 그 집에서 다시 바람이 읍내로 흘러나온다고 했다. 누구는 그 바람이 곡식의 향기를 가져온다 했고, 누구는 죽은 이의 이름을 실어 보낸다 했다. 그 집에 사는 무당의 이름은 봄월이라 했다. 그 이름을 듣는 순간, 손목 아래의 글자들이 스르르 움직였다.

바람집은 자작나무 숲의 흰 기둥들 사이에 웅크리고

있었다. 흰 나무줄기들이 빼곡히 둘러선 마당은 멀리서 보면 마치 거대한 활자판 같았다. 줄기마다 검은 옹이가 찍혀 있어, 그 자체로 읽히지 않는 문장이었다. 문장 속으로 걸어 들어가는 사람처럼 발걸음을 옮겼다.

대문은 닫혀 있었지만, 바람은 먼저 안에서 나와 얼굴을 핥았다. 바람 속에는 낯익은 냄새가 섞여 있었다. 흙냄새, 쇠냄새, 분명 호식총에서 맡았던 것과 같은 냄새였다.

주저하다가 문을 두드렸다. 안에서는 방울 소리가 찰랑 울렸다. 곧 대문이 열리더니, 눈매가 길게 흘러내린 여인이 나타났다. 그녀가 바로 봄월이었다.

"왔구나."

그녀는 이미 기다리고 있었다는 듯, 눈빛은 얼굴을 지나 곧장 손목으로 향했다.

무심코 소매를 내렸으나, 그녀가 한발 다가서며 팔목을 붙잡았다. 손끝이 닿자마자, 순간 몸이 투명해지는 듯한 기분을 느꼈다. 그녀는 손목을 코 가까이 끌어와, 과일 장수가 수박을 두드리듯, 아주 신중하게 냄새를 맡았다.

"글자 냄새네. 네 핏줄 속에서 글자들이 삭고 있다."

말없이 손목을 바라보았다. 피부 아래에서 정말로 가

느다란 빛줄기들이 흘러 다니고 있었고, 그것은 살아 있는 문장처럼 요동쳤다.

"창귀는 보통 흙이나 뼈의 냄새를 묻히고 다니지."

봄월이 속삭였다.

"하지만 넌 다르다. 네 창귀는 종이와 먹물에서 태어났어. 네가 쓰다 만 자리에서, 네가 삼킨 단어들에서, 호랑이 대신 글자가 널 물어뜯은 거다."

그녀는 손목에서 손을 떼며 방울 하나를 내밀었다. 붉은 실에 매달린 작은 은방울이었다.

"이걸 허리춤에 달고 다녀. 누가 부르면, 대답 말고 이 방울을 울려. 그래야 목소리가 글자 대신 바람에 묻혀 사라진다."

방울을 손에 쥐었다. 작은 은빛 물체가 내 손바닥에서 부드럽게 흔들렸다. 그 울림은 아직 울리지 않았는데도, 내 안 오래된 문장들이 서서히 풀리는 듯했다. 봄월이 다시 눈을 들어 내 얼굴을 똑바로 보았다.

"네가 피해야 할 건 아버지의 부름만이 아니다. 네 글 속에도 창귀가 숨어 있다. 그놈이 네 손목에서 냄새를 내고 있지."

봄월은 방울을 살짝 흔들었다. 소리는 나지 않았다. 대신 마당의 자작나무들이 먼저 몸을 기울였다. 흰 기둥들이 한 줄씩, 활자처럼 정렬했다가 풀렸다. 그녀는 마당 한가운데 작은 자리를 닦고, 둥근 자리보를 펼쳤다. 숯가루, 굵은소금, 잘게 찢은 한지, 말린 자작나무잎, 검은 실. 모두 말없이 제자리를 찾았다.

"오늘은 말로 하는 굿이 아니다."

봄월이 말했다.

"글자에게는 글자의 업이 있다. 그 업을 넘어야 한다."

그녀가 내 손목을 받쳐 들었다. 피부밑에서 빛이 일어나 작은 물고기 떼처럼 스쳤다. 한 번, 두 번, 세 번 물고기들은 핏줄의 그물에 걸려 푸드덕 떨었다. 봄월은 소금을 엄지로 찍어 내 손목의 푸른 줄을 따라 찍어나갔다. 소금알이 살에 닿을 때마다, 안쪽에서 얇게 떨리는 'ㅅ' 자들이 흩어졌다.

"네 속의 글자들이, 너를 먼저 읽었다."

그녀는 조용히 속삭였다. "이제 거꾸로, 네가 너를 덮어야 한다."

숯가루가 바람결을 타고 흘렀다. 그녀는 숯가루로 내

손목 위에 작은 원을 그리고, 그 안에 한지 조각을 한 장씩 얹었다. 한지의 가장자리가 내 맥에 닿자, 미세한 글줄이 종이로 옮겨붙었다. 놀라울 만큼 고요하게, 그러나 너무도 뚜렷하게 내가 쓰지 않은 문장들이, 내가 살아온 문장들처럼 올라왔다. '응.' '오지 마라.' '민호야.' 서로 다른 숨결들이 한지 위에서 뒤엉켰다.

봄월이 방울을 들어 올렸다. 이번에는 아주 작은 소리가 났다. 귀로는 들리지 않는데, 살갗은 분명히 들었다. 팔을 타고 어깨, 목, 혀끝까지 얇은 물결이 걸어왔다. 동시에 바람이 방향을 바꾸었다. 숲에서 마당으로 들어오던 길이 되돌아 숲을 향했다. 마치 바람이 내 안의 문장을 업고 나가는 듯했다.

"세 번." 봄월이 말했다. "부르는 소리도, 끊는 소리도 셋이 온다."

첫 번째 울림에서 한지 위의 '응'이 흐릿해졌다. 두 번째 울림에서 '오지 마라'의 '오'가 빠져나가 모음의 빈자리만 남았다. 세 번째 울림이 마당 전체를 얇은 거울처럼 떨게 했을 때, 손목 아래의 핏줄들이 한꺼번에 움찔

하고 꺼졌다. 나는 그제야 숨을 쉬었다. 훅, 허기가 한 뼘 물러서는 느낌이었다.

봄월은 한지 조각들을 모아 숯과 소금 한 꼬집을 섞어 접었다. 봉투처럼 접힌 종이는 그녀의 손바닥에서 아주 뜨거웠다.

"이건 바람에게 맡긴다. 바람은 이름을 알면 데려가고, 모르면 데려온다."

그녀는 종이봉투를 자작나무 사이로 던지지 않았다. 대신 내게 건넸다.

"네가 놓아라. 네 글자들은 네가 풀어야 한다."

나는 잠시 멈칫했다. 봉투 안에서 미세하게 우는 소리가 났다. 대문 쪽으로 걸어갔다. 낮은 대문틀이 이마를 스치는 순간, 아버지의 체온처럼 탁한 기억이 지나갔다. 봉투를 바람이 가는 쪽, 숲의 기울기에 맞춰 살짝 올려놓듯 던졌다. 종이는 낙엽도 날짐승도 아닌 자세로, 한동안 허공에 걸려 있다가 숲으로 천천히 끼어들었다.

"또 다른 소리가 있구나"

"?"

"네 스승." 그녀가 짧게 대답했다. "산의 창귀를 물러나

게 했더니, 글의 창귀가 길을 찾는구나.”

그 순간, 내 주머니 속 공책이 스스로 열린 듯 미세한 바람을 냈다. 종이 가장자리가 떨며 한 줄을 밀어 올렸다.

‘박민호 시인.’

칠판 앞에서 검은 카디건을 걸친 목소리가, 살아 있는 사람의 호흡처럼 또렷하게 방 안에 서 있었다.

본능적으로 방울을 움켜쥐었다. 손바닥 안의 은빛이 아주 작게 떨었다. 울리면 살 수 있다는 것을, 울리지 않으면 들을 수 있다는 것을 동시에 알았다. 봄월의 시선이 내 손과 입술 사이를 번갈아 오갔다.

“셋을 기다려라.”

봄월이 말했다.

첫 번째가 왔다.

“박민호 시인.”

두 번째가 뒤따랐다.

“민호야.”

방울을 들어 올렸다. 세 번째가 오기 직전, 혀끝에 ‘응’이 얹혔다. 살아 있는 ‘응’. 내가 이미 한 번 써버린 한 글자. 나는 방울을 울렸다. 아주 작게. 거의 들리지 않게.

그러나 확실하게.

소리는 소리가 되지 않은 채, 목에서 나가 바람의 등줄기에 붙었다. 숲이, 자작나무가, 호식총의 젓가락들이 멀리서 한꺼번에 아주 가벼운 떨림을 보냈다. 그리고 목소리는, 이번에는 잠시 멈췄다. 멈춘 것이 떠난 것과 같지는 않았다.

봄월이 고개를 끄덕였다.

"오늘은 여기까지. 네가 살아 있는 동안, 글자들은 계속 찾아올 게다. 그 길을 걷되, 답은 서두르지 마라. 서두른 답이 창귀를 만든다."

방울을 허리춤에 달았다. 그 작은 은빛이 걸음에 맞춰 말없이 흔들렸다. 바람집을 나설 때, 저쪽 자작나무의 흰 껍질에 아주 얇게 긁힌 글자가 보였다. '응.'

내가 시를 배운 건 김 교수에게서였다. 성적에 여유가 없었던 내가 선택한 과는 문창과였고 문창과에서 직업을 얻으려면 시인이나 소설가가 되거나 글로 밥을 버는 기자나 편집기획자가 되어야 했다. 그는 시의 첫 문장을 가르쳐주었다.

"네가 먼저 쓰는 게 아니다. 생각이 먼저 숨을 들이쉬고 가르쳐준다. 그때까지 기다려야 하지."

그 말은 오래 기억에 남았다. 뭐든 열심히 해야 살아남을 수 있다는 현실을 이미 어린 시절부터 깨우친 나는 열심히 글을 썼다. 그러다가 문학지에 시인으로 추천을 받았다. 김 교수는 재학 중 등단한 내게 많은 기대를 걸었다. 하지만 먹고사는 게 먼저였다. 살기 바빠 시를 멀리했다. 애써 멀리하는 동안에도, 가끔 창문을 조금 열어두는 정도였다.

어느 날, 김 교수의 부음을 받았다. 갑작스러운 심장마비라 했다. 사모님은 내 손을 잡고 말했다.

"시를 멀리하지 말아요."

나는 고개를 끄덕였지만 장례를 치르고 돌아와 금세 마감에 파묻혔다.

여인숙 창문 밖으로 심산읍의 밤이 한 겹 더 내려앉았다. 전깃줄 위로 달빛이 얇게 흐르고, 어디선가 고양이가 길게 울었다. 방 안은 조용했다. 책상 위에 공책과 펜, 그리고 허리춤에서 아주 미세하게 흔들리는 은방울.

등을 펴고 앉았다. 손목의 핏줄은 낮 동안 잠시 가라앉았으나, 아직 희미한 문자의 잔광을 품고 있었다. 봄월의 말이 떠올랐다.

"두 번은 그들의 권리, 세 번째는 네 선택이지."

공책을 펼치자 종이는 약속이나 한 듯 아주 얇은, 그러나 분명한 바람을 일으켰다. 종이의 흰 바탕에 잉크가 스며들 자리를 가늠하는 듯, 가장자리부터 서늘했다. 펜을 쥐고도 한동안 아무것도 쓰지 않았다. 그때, 장판 아래서부터 낮은 목소리가 기어올랐다.

"박민호 시인."

첫 번째. 그 목소리는 오래된 교실의 분필 가루 냄새를 데려왔다. 칠판지우개를 털 때 날리던 흰 먼지, 창가에 세워둔 겨울 햇빛, 검은 카디건의 보풀. 숨을 들이마시면 폐의 안쪽에 문장이 먼지처럼 달라붙는 기분. 방울에 손을 올리지 않았다. 두 번째가 왔다.

"민호야."

어릴 때처럼 이름이 목덜미를 어루만졌다. 잠깐, 아무것도 모르는 흰 종이였던 순간처럼, 살아도 좋겠다고 느

껐다. 선생은 기분이 좋으면 이름으로 불렀다. 그때 공책에 첫 획을 그었다. 곧 멈췄다. 선 끝이 떨렸다. 그 떨림이 혀끝으로 올라와 '응'의 모양이 되려는 찰나, 봄월의 말이 물러나지 않고 버텼다.

"셋을 기다려라."

세 번째가 오기 전, 허리춤의 방울을 쥐었다. 손바닥이 차갑고 단단해졌다. 방울은 내 맥박을 미세하게 따라왔다. 한 번, 두 번, 세 번, 세는 동안, 세 번째는 오지 않았다. 침묵이 잠깐 길어져서, 그 침묵이 오히려 세 번째처럼 들렸다.

세 번째가 왔다.

"오."

목소리는 완전히 '민호야'도, '시인'도 아니었다. 모음의 빈자리로만 시작해, 나머지 음절을 빌려오려는 소리. 반사적으로 방울을 울릴 뻔했다. 그러나 손가락이 멈췄다. 나는 방울을 내려놓았다.

"선생님."

종이 위에 적었다. 내가 먼저 불렀다. 그 한 글자, 한 호흡이 방 안의 공기를 바꾸었다. 문틀이 아주 가볍게 삐걱였고, 창호지 물방울이 'ㅅ' 모양으로 굳었다가 흘렀다. 방바닥 아래의 장력도 미세하게 해제되는 느낌. 하지만 바로 그때, 창문 밖에서 아주 익숙한 발자국이 복도 끝까지 와서 멈췄다. 문을 두드리는 소리는 없었으나, 누군가가 문을 열어도 된다는 허락을 내 실수로 이미 줘버렸다는 예감.

"그래."

목소리는 방 안으로 들어왔다. 그러나 문은 열리지 않았다. 마치 종이가 먼저 숨을 들이쉬듯, 방이 먼저 들이마시고, 늦게 내쉬었다.

"시를 멀리하지 말라 했지."

칠판 앞의 목소리가, 그러나 더 깊어진 울림으로, 바닥과 창살과 흉골을 두드렸다.

나는 고개를 숙였다. 눈앞의 종이는, 낮에 바람에게 건넨 봉투처럼 보였다. 아직 접히지 않은 봉투. 첫 줄 아래에 둘째 줄을 붙였다.

"선생님, 저는…… 아직도 씁니다."

쓰는 순간 깨달았다. 그 문장은 마치 스스로 길을 찾는 돌고래 떼처럼, 내 안의 어둠을 한 겹 파고 나갔다. 목소리가 느리게 웃었다. 소리가 아니라, 칠판에 원을 그린 뒤 손바닥으로 문질러 번지게 하는 웃음.

"그럼 써라."

"박민호 시인."

목소리가 다시 불렀다. 이번에는 이름을 다 말했다. 세 번도, 한 번도 아닌, 무릎을 톡 치듯 툭 하고.

"너를 데려가려던 게 아니다."

그 말은, 아버지의 부름과는 다른 온도였다. 데려가는 목소리가 아니라, 돌려주는 목소리.

아침이면, 나는 다시 산으로 갈 것이다. 아버지의 평장을 찾아, 절을 하고 읍내로 내려와 절에 갈 것이다.

새벽은 산의 가장자리부터 조용히 풀렸다. 어둠의 밑단이 한 겹 올라가고, 풀잎들이 먼저 자기 이름을 되찾았다. 허리춤의 방울을 살짝 눌러 소리가 나지 않게 고정하고, 무덤으로 향했다. 전날의 발자국이 아직 젖어 있었다. 안개는 얇아졌고, 그 속에서 돌들이 단순한 돌처럼 보이는 척을 했다. 만재 아재는 뒤에서 천천히 걸어왔다.

어제와 같은 자리. 햇살은 아직 덜 도착한 곳. 흙 표면에 밤새 오른 숨결이 눅진하게 깔려 있었다.

나는 호흡을 고르고, 무릎을 꿇고 절을 했다. 흙냄새가 깊었다. 바람이 산등성이를 건너며 시루와 쇠젓가락들의 방향을 살짝 바꿔놓았다. 어제의 '웅' 같은 울림은 들리지 않았다.

"됐나."

"예."

내려오는 길 위로 햇빛이 쏟아졌다. 어제보다 길이 쉽게 보였고, 길가의 잡목들도 각각 제 명찰을 달고 있는 듯했다. 심산읍으로 가까워질수록 냄새는 산에서 시장으로 바뀌었다. 국수 삶는 냄새가 먼지 사이로 풍겼다. 나는 어제의 여인숙 앞을 지나 절로 향했다. 절은 읍내 서쪽에 있었다. 커다란 전나무들이 해를 걸어두는 자리. 대문 왼쪽 마루턱 위에 종무소가 붙어 있었고, 유리문 안쪽에는 작은 전기난로와 공용 스테이플러, 그리고 서류봉투가 가지런히 쌓여 있었다.

"무슨 일로……."

회색 장삼을 걸친 젊은 스님이 계산기를 책상에서 밀

어 올리며 물었다. 안경테가 가늘었고, 말끝은 정중했으나 이미 많은 상담을 거친 사람의 호흡이었다.

"돌아가신 아버지 위패를…… 모시고 싶습니다."

"호적등본이나 가족관계증명서가 있으신지요."

서류봉투에서 필요한 두 장을 꺼냈다. 스님은 유리 틈새로 받더니 조심스럽게 읽었다. 서류 위의 '활자'들이 잠깐 떠올랐다가 가라앉는 것처럼 보였다. 활자들 사이로 '글의 창귀'가 얇게 미끄러지는 환영이 스쳤다.

"기간은 삼십육 개월입니다."

작은 도장이 '톡' 하고 종이에 찍혔다. 붉은 원 안으로 아버지의 이름이 아주 조심스레 들어갔다.

"준비가 되면 연락드리겠습니다. 오늘은 접수증을 받아 가시고……."

서류를 건네받는 순간, 종이의 겉면이 낮은 물결을 만들었다. 그 감각이 나를 편하게 만들었다.

절집 마당을 나서자, 햇볕이 정수리로 내려앉았다. 접수증을 서류봉투에 넣고, 봉투를 가슴과 셔츠 사이에 끼웠다. 종이가 피부에 닿는 촉감은 언제나 내 편이었다. 그러나 한 발짝 걸을 때마다 봉투 안에서 평평한 울림이 미약하게 났다. 여인숙으로 돌아오는 골목 입구에서 국숫집의 김이 치맛자락처럼 펄럭였다. 한 그릇을 시켜 천천히 먹었다. 젓가락이 그릇에 닿을 때마다, 귀퉁이에서 작은 '금속성 모음'이 났다. '호식총의 젓가락'이 떠올랐다.

창밖의 전깃줄 위로 새가 두어 번 옮겨 앉았다. 그림자가 움직일 때마다 유리창이 미세하게 떨렸다. 벽에 등을 기대고 잠깐 눈을 감았다. 방 안은 조용했다. 조용하되, 조용함 자체가 다시 숨을 쉬기 시작했다. 그리고 아주 멀리서, 정말로 멀리서, 한 음절의 그림자가 한 번 지나갔다.

'응.'

아무 대답도 하지 않았다. 대신, '숨'을 길게 들이쉬었다. 오늘 내가 할 수 있는 전부였다.